客家文学的珠玉 1

ゲーテ激情の書

鍾肇政

永井江理子 訳

未知谷

「異色」というレッテルをなかなか払拭できない
『ゲーテ激情の書』＊あらすじと解説

彭瑞金著
黄愛玲訳

作者の鍾肇政は本作品の後書きに「この『ゲーテ激情の書』という、いわゆる「エロティカシリーズ」の作品を書き始めた」と記した。その後、作品はその言葉通り「官能小説」と位置付けられ、出版社も「鍾肇政の異色小説」と紹介した。そのために、この作品に対する評論や論述は多いが、良くも悪くもどれも「異色」や「エロティカ」を意識したものになった。しかも、国内外を問わず、後書きを読みもしないで作者は流行を追って官能小説を書いたという結論を下す読者も相当数にのぼった。実は彼は後書きで次のように表明している。ゲーテは作者が尊敬する先賢であり、彼はこの小説を書いている間「作品が偏っていて人々から受け入れられないのでは？」「見るに値しないのでは？」という思いが私の頭の中でずっとくるくる廻り、振り切れなかった。私がもっとも不安に思うことは、これらのフィクション作品が「私の崇拝する者、世間で広く尊敬されている偉大な作家・詩人たちを冒瀆していないのか？」ということだったと。作者は事前にこの作品に「異色」という予防注射を打ったにもかかわらず、その免疫効果はまったく見られなかったようだ。

キーワードは「異色小説」が引き起こすエロティックな文体にあった。「異色小説」や「官能小説」は正式な文学的名辞ではなく、ただ作品の内容を示したものであり、内容の中に性愛や性欲といった行為や場面が描写されれば、すぐに官能小説と位置付けられる。だが、それは明らかに大雑把にすぎる分類であろう。もし情欲的な描写が小説の目的でなければ、それは「情欲」や「官能」小説ではないはずだ。『ゲーテ激情の書』は明らかにゲーテの性愛や情欲、その経歴や経験を描くのを目的とした作品ではない。ただ偉大な小説家を「一人の人間」に戻し、その内に秘められた非日常的世界を観察しようとしただけだ。人間にはあらゆる感情や欲望がある。鍾肇政は多くの性経験を持つと言われるその視点から観察することによって、この偉大なる作家ゲーテの人間性を解釈したかっただけなのだ。もちろん、多くの読者・学者があまねくこの作品を「読み誤った」理由は、作者のこの種の表現手法にも起因する。官能小説として読んでほしくないという杞憂から、作者自身が事前に弁明を弄するほど、読者の注意はますますその方向へと惹き付けられていった。鍾肇政は七十二歳（一九九六年五月）の時、ドイツに招聘されて講演をした。一カ月近くドイツに逗留する間に、彼はゲーテに関する多くの遺跡を見学し、多くのゲーテの情事を見聞した。中でも特筆すべきはゲーテが七十二歳の時、十七歳の少女ウルリーケに恋をし、破れたことだった。このことは同じ七十二歳であった彼自身の創作意欲をかき立てた。同じように一生を創作に注ぎ込んだゲーテのいったいどこに、まだこのように少女に恋をする「能力」があったのか？『ゲーテ激情の書』を執筆しようという思いはこの時点で始まったといえよう。この作品を書き終えた時、鍾肇政はすでに七十八歳になっていた。しかし、このような告白がさらに読者の「読み誤り」を助長したのは明らかである。

実際、ゲーテに対する鍾肇政の認識はそんなに浅はかなものではなかった。この本の執筆はドイツ行きに触発され、突然に思い立ったものでは決してない。一九七五年、鍾肇政はすでに『ゲーテ自伝』を翻訳し出版していた。しかし彼は『ゲーテ激情の書』（原題『歌徳激情書』）の中でこのことに一言も触れていない。むしろほかの著者が書いたゲーテの年表を参考にしたと言っている。『ゲーテ自伝』の漢文翻訳版（志文出版社出版）では「趙震」というペンネームを使っているが、七十八歳の鍾肇政がこの翻訳著書のことを忘れたわけでないことは明らかである。『ゲーテ自伝』の漢文翻訳の底本はどの言語版であったか明確に記述されていないが、ドイツ語版は最も可能性が低い。最も可能性が高いのは日本語版であるが、その翻訳者の名も明記されていなかった。『ゲーテ自伝』の内容は誕生から二十六歳までだが、執筆した期間はゲーテ六十二歳の一八一一年から彼が死去する半年前の一八三一年の秋までの二〇年間に及ぶ。鍾肇政が漢文翻訳した『ゲーテ自伝』は、おそらく彼が『ゲーテ激情の書』を執筆した最も重要な動機であった。『ゲーテ自伝』のサブタイトルは「詩と真実」。全四部で、何千ページにもなる漢文翻訳書の『ゲーテ自伝』はまさにゲーテの人生そのものの「濃縮版」だった。

ゲーテは友人との対話で、「一人の人間として最も重要な時期、それは発育の間だ」と述べ、その自伝は詳細に彼自身の発育時期をただひたすら描写・記録したものだった。ゲーテは二十六歳前に学業を終え、弁護士の業務に就いた。それまでに『若きウェルテルの悩み』などいくつかの作品を完成させ、文学的には既にある程度成功をおさめていたが、さらに怠ることなく学業を続け、二十七歳でヴァイマル大公国に赴き要職を任されることになった。国政に参加し、心身ともにやっと成熟期をむかえたのである。ゲーテ曰く、それ以降始まったのは彼と社会との闘争であった。ただそれも必然的な展開であり、結果だった。六十二歳から自伝を書き始めたゲーテは、二十六歳までの自分を振り返り、人生に対する「結論」を得た。鍾肇政はこの『ゲーテ自伝』に触発され自分自身の発育期を顧みることになり、その知識の未熟さ、洞察力いずれもまだ発展途上であることに気づくことになった。六十歳をすぎたゲーテはその人生において最も円熟し、洞察力も行き届いた時期であった。そのゲーテが心血を注いで書いた自伝は、あたかも「情熱と熾烈な探求心、環境に対する鋭敏さが互いに絡み合い、一種の混沌とした青春の歳月」が織りなされているように思えた。「この状態を詳細に分析し、さらに事実に基づいて描き出す、これは普通の人間には成し得ることではない」と鍾肇政は述べる。おそらくこの賛辞には性的な関係とその段階的な成長、情と欲の表現も含まれているに違いない。

二十六歳前のゲーテは、ラテン語・フランス語・イタリア語・英語・ヘブライ語・話術・ピアノ・剣術・作詩・小説の書き方を学び、法律を専攻し、弁護士資格を取得していた。ライプツィヒ大学に通っていた一時期、病気で休学したものの、才能に溢れた彼の経歴は実に豊かである。しかし厳しいことを言えば、これらの知識はどれも条件と環境が整い、勤勉でありさえすれば「結果」がついてくるものばかりだった。その知識は書物や師があれば得ることができ、だれにでも手に入れられた。ただ唯一、誰の力も借りることができないのが「恋愛」だった。恋愛は自分でぶつかり模索するしかなかった。同じ小説家として、鍾肇政が『ゲーテ激情の書』を書く最大の誘因となり動機となったのは、一七六年も前に生まれた同業の先輩の内心世界を探りたくなったことだった。既に著名な作家としての名声を得ていた晩年に、ゲーテはその光り輝く作家の冠を脱ぎ捨て、青春時代の喜怒哀楽や過失、迷いを自然な成長と変化の姿としてありのままにすべて描くことで自分自身を直視しようとした。鍾肇政は『ゲーテ自伝』の序文で繰り返しゲーテがこの作品を書いた勇気・その難しさ・筆致の客観性と冷静さを賞賛した。その中にはもちろん性と愛の問題も必然として含まれていた。

二十世紀初頭の台湾の鍾肇政が十八世紀中葉のドイツのゲーテの恋愛史・性愛史を書くことには、もちろん大きな時空的障害があった。鍾肇政は立ちはだかるこの障害を十分に自覚していた。だからこそ彼は『ゲーテ激情の書』をゲーテ七十二歳の晩年の愛から説き起こした。七十二歳の老人でもまだ女性を愛せるのか？　まだ十七歳の少女を愛せるのか？　七十二歳の鍾肇政は一連の自問を続けた。彼が自分に下した回答はいずれも「否」だった。無理だった。不可能であった。彼自身にはゲーテのように少女に愛を告白する自信はなかった。この自覚から、鍾肇政は年齢が同じ等身大の人間として、ゲーテのこの晩年の恋を見ていた。ゲーテのこの勇敢な愛に対して彼はただただ敬服し、崇敬の念を懐き、穢らわしいとか不敬の念をこれっぽっちも抱くことはなかった。自分より早く生まれたゲーテにはできて、鍾肇政にはできなかったからだ。しかもゲーテが生きたのは、時空を一七六年も巻き戻した保守的で閉鎖的な時代である。そこに鍾肇政が見たものは、他のだれよりもさらに「偉大なる」ゲーテの姿だった。鍾肇政はゲーテ晩年のウルリーケに対する愛を、邯鄲の夢として『ゲーテ激情の書』初篇に書き記した。

その意図は明らかで、二十六歳前のゲーテの情事は、はたからは風流に見えても、それらはいずれも恋愛のエチュードでしかなかったからだ。ゲーテの愛で実を結んだものはない。天才詩人・偉大なる文学家等の肩書を持ち、豊かな知見を持つ円熟した年齢のゲーテは、何でも心のおもむくまま思い通りにできた。しかし、たとえ一生の間に多くの異なるタイプの女性と恋愛をしても、やはりまだ人生の愛情の単位をとったことにはならないのだ。ここで彼がゲーテから学び、言いたかったことは、恋愛はすべての人間にとって一生涯習得し得ない夢で、受講し続けなければいけない単位だということだった。

ゲーテは一生恋愛をし続けていたと、鍾肇政は言う。一つ一つの恋愛はどれも彼の心を昇華させる栄養となった。『ゲーテ激情の書』にはゲーテ晩年の恋に続き、第二篇から第七篇にわたって六つの恋が描かれている。シュタイン夫人、クリスティアーネ、グレートヒェン、ケートヒェン、フリーデリケ、マキシミリアーネとの恋である。スタイン夫人は七歳年上で（小説の主人公はヴォルフガングであり、ゲーテ本人の中間名 Wolfgang の音訳である）、夫を持つ主婦である。彼女は弁護士の資格を取得しヴァイマル大公国に枢密院参事官として赴任した時に知り合った女性だった。「激情の書」では彼女の夫婦仲は有名無実で、その婚姻生活は彼女にとって苦痛以外の何物でもなかった。ヴォルフガングは彼女と十年もの間関係を続けたが、彼が彼女と性行為をするとき、なんと「シャルロッテ」と叫び続けた。シャルロッテは『ゲーテ激情の書』「VII　若きウェルテルの物語」のヒロインの一人で、ヴォルフガングが心の中でひそかに想いを寄せながら触れられなかった女神であり、彼が初めて失恋を味わった女性だった。彼はこの女神に対する愛欲をスタイン夫人に投射し、さらにこの時期すでに彼の中に溢れ出していた思想や芸術への思いが重なり、その生理的・心理的慰撫を彼女に求めたのだった。はたしてこれは愛なのだろうか？　これは自分が求めていた愛なのか？　ヴォルフガングはこのような疑問を持ち続け、ヴァイマル大公国の王に申し出て休暇を取り、一年十カ月のイタリア旅行に旅立ったのだった。旅行から帰った一カ月後にヴォルフガングはクリスティアーネと出会う（「III　クリスティアーネ　わが愛」）。すぐさま同居し、スタイン夫人と別れた。ゲーテは当時三十九歳。クリスティアーネは三十三歳の造花工場の女工で、翌年息子アウグストが生まれた。ヴォルフガングは五十七歳になって初めてクリスティアーネと結婚、その十年後にクリスティアーネは病死した。八十一歳の時、息子アウグストも病死。実にゲーテの生涯と似ている。

小説の第Ⅳ篇は「十三歳の探検」。十四歳のヴォルフガングは、十三歳のグレートヒェンと先祖代々引き継がれる父の書斎で初めての恋を味わった。彼の初体験でもある。次はライプツィヒ大学の「Ｖ処女ケートヒェン」。ゲーテは十六歳で家を出てライプツィヒ大学に行き法律を学んだ。十九歳の時、喀血により故郷に帰還し休養した。その時の思いは詩や絵に記されている。この時期における「風流なる情事」的な記載がないためケートヒェンはフィクションであろう。処女ケートヒェンは少し成熟したグレートヒェンで、ライプツィヒ大学で勉強した三年の後、その才能が知れ渡っていたヴォルフガングの詩歌の名声に憧れてやってきた女性だった。二人はすぐさま熱愛に陥ったが、喀血がライプツィヒとグレートヒェンから彼を引き離した。第Ⅵ篇「野ばら」はフリーデリケである。一年半ほどで全快したゲーテは一七七〇年、二十歳でシュトラースブルク大学に進学。ドイツで巻き起こった疾風怒濤運動に身を投じ、フリーデリケ（『ゲーテ自伝』漢文翻訳書）と恋に落ちた。この時期のゲーテは貪欲に様々な知識を吸収していた。すでに有名な詩人ともなっていた。「野ばら」のフリーデリケは田舎の牧師の掌中の珠であり、化粧もせず、一輪の花ですら大切に扱う善良な女の子であった。二十二歳のヴォルフガングは疾風怒濤の嵐の中で、「私はあなたとあなた達すべてのためにこの小さな町で安らかに生涯を終えることなどできない」と言い残し、シュトラースブルクをあとにした。

第Ⅶ篇「若きウェルテルの物語」は、ゲーテ初の小説『若きウェルテルの悩み』の下書きである。法律事務所で研修をするヴォルフガングと同僚のケストナーはシャルロッテをめぐり三角関係に発展してしまう。ヴォルフガングは自ら敗北を認め、競争から降りて故郷に帰ることを決心した。失恋の苦痛にあったヴォルフガングは、同僚の弁護士で親交のあったイェルーザレムが失恋により自殺したことを聞き、自殺を考えるほど思いつめていた自身を見つめ直すことができた。さらに十六歳に満たないマキシミリアーネに出会い、新しい愛を得た。

『ゲーテ激情の書』は時間を遡る手法で語られている。ゲーテの愛情史とその成長が綴られているが、ここに登場する女性だけがゲーテの人生で出会った女性のすべてでは決してない。作者はゲーテの生涯の愛情史・恋愛史からいくつかモデルケースとして取り出したにすぎない。選び出す基準は創作上の自由だが、恋愛がゲーテの生きるエネルギーであった

ということを明らかにすることは、作者が本を書く前から決めていた目標であった。全七篇に登場する七人の女性は、最初のウルリーケを除けば、どのヒロインも性的な愛に関して積極的であり、プラトニックな愛が先か後かといった点でもバラエティ豊かである。だがこの時代、それほど簡単に性的な愛に発展したのだろうか？　作者自身はこの点で懐疑的である。十八世紀中葉のドイツ社会において、男女間における恋愛はおそらくまだ相当保守的であっただろうと作者は述べている。つまり、性愛の場面はすべて二十世紀末にいる作者自身が考え出したフィクションであり、その目的はただ一つ、七十二歳のゲーテが十七歳の少女に寄せた積極的で勇敢な愛を際立たせるためであった。風流韻事に事欠かない一生を送ったゲーテの生涯は、常に女性に囲まれていた。いつだって彼は受け身的に愛され、勇気を持って自ら進んだことはなかった。シャルロッテに至っ

ては不戦敗で、自ら打って出る勇気すら持ち合わせていなかった。

鍾肇政がゲーテの愛情史を書くことでいちばん伝えたかった目的は、ゲーテの愛情史に関する多くの読者のさまざまな誤った見方を正すことにあった。

彼は自身の名誉と作家生命を賭けてその性愛史を小説化することにより、ゲーテ晩年における心身一体の愛の崇高を際立たせ、その意義を明白にしたかったのである。

目次

ゲーテ激情の書

客家文学的珠玉1

translated into Japanese by
NAGAI Eriko
Japanese Edition by
Publisher Michitani,
Tokyo, Japan

I　ああ、ウルリーケ

「マリーエンバート悲歌」

今や私は遠ざかっている！　そして今の此の瞬時が
いったい何の役に立つのか　私にはわからない。
今の瞬時がかずかずの豊かな寶を私に見せても
それらは私には重いだけだ。私はそれを払いのける
　ほかに詮もない。
あとに残っている唯一のすべは　限りなく泣くこと
　だけだ。
されば　湧き流れよ、つきぬ涙よ！
されど消すな、涙よ、我が心の奥の火を！

わが胸の中に　嵐が吹き
死と生とが　すざまじく争っている。
身の痛みをしづめるための薬草はあっても
心は悩みのゆえに　決意を意力を失いつくした。
明らかにものをとらえる心の力が萎えた。しかも
　かの人の姿ばかりは忘れるすべがない。
心は　かのおもかげを　百重に千重に　くり返して
　描き出す。
そのおもかげは　或いはためらい　或いは奪い去ら
　れたように隠れる。
おぼろめくかと思うと　澄み透る光を纏って現われる。
海のうしおの差し引きのような　このはてしない去
　来も
いとわづかな慰めを　今の心に与えてはくれない。

心渝らぬわが友らよ！　私を此處に見残して去って

くれ！
この巌のほとりの　沼地の苔の中に　私をただ獨り
　のこしてくれ！
さあ君たちは着手したまえ！　君たちのために世界
　が開けている。
大地はひろく　空は高く大きいのだ。
觀察し　探求し　精細な蒐集を作りたまえ。
自然の神秘が　おぼろにも見出されるがいい！

この私には　一切と　そして私自身とが見失われて
　いる。
嘗て私は　自然の神々からあんなにも愛でいつくし
　まれていたのだが、
神々は私に試練を与え、良き寶と希望とのいづれに
　も豊かな
かずかずのパンドーラたちを私に遣わし
私の口に　めぐみ豊かな幸の歌をうたわせたのち、
私を見棄て　打ち斃す。

16

片山敏彦訳『ゲーテ詩集』角川書店（一九四八）

あの遠くからの幽《かす》かな音は、ほとんど聞こえないほど……

ああ、あれは手が軽く扉に触れた音。

いいや、叩く音だ。まるで扉を軽く、軽く叩いているような……

時は、すでに真夜中に近い頃だろう。いや、とっくに真夜中を過ぎているかもしれない。

何者なのだろう？

本当に誰かが扉を叩いているのか？

それとも、ただの風の音か？

木の葉がカサカサ音を立てているのか？

また来た。

さっきよりわずかに響いてくるが、それでもやはり幽かな音だ。

間違いない。確かにノックの音だ。疑うべくもない。誰かがノックしているのだ。あのように軽く、三つ、四つ……と。そしてまた夜の静寂《しじま》に呑み込まれた。

ゆっくりと寝台を下りると、なぜか自然に足取りが軽くなった。

ああ、ウルリーケよ！

その身を軽やかにガウンで包み戸口に佇む姿は、まるで一切が夜の静寂に呑みこまれ、最後に彼女の細長い影だけが残されたかのようだ。

そう、そのつぶらな目をわずかに見張るように私を見ている。

痩せた体。これほど静かでなければ、一陣の風でさえ彼女を吹き飛ばしてしまうだろう。それでいて彼女は、どこか心を決めたかのように落ち着いている。

　あの可愛い、つぶらな目は、まるで私に何か訴えているかのように叫んでいる。なんとも奇妙に、音を立てずに。

　春はすでに過ぎたが、まだ夏の息吹は無い。その一抹の涼やかさは音も立てずに流れ込んだ。私の両頬を無造作に払ったかのように。そして同時にむせ返るような香りが鼻腔を衝いた。


　ああ、それはお前だ。ウルリーケ、お前の体の香り。たった数度、遠くからそれを嗅ぎ取っただけなのに、それを忘れることはできない。私はこう言おう。その幽かな香りは永遠に忘れないと。

　すっと扉を開け、すっと身を通す。彼女は音もなく滑り込むかのごとく入って来た。

　すれ違おうとすると、二人の体は触れんばかりとなった。彼女はすれ違おうとして、足を止めた。私

と彼女はほとんど互いの体に触れながら、互いを見ていた。あのつぶらな目、つぶらな瞳。それらは私にはっきりと何かを訴えていた。けれども私はこの時、それが何を言おうとしていたのか考えつかなかった。

　そしてこの時、ウルリーケもまた私同様困惑していたのだろうか。

　そうだ。私は困惑していた。そのせいであんなにも、あんなにもたくさんの言葉が忽然と消え失せてしまったのだ。

　一秒また一秒……

　四秒……、五秒……

　私はまた感じた。彼女の全身から発せられる、むせ返るような香りを。

　そしてふと感じた。彼女の両手が（それはさっきまで胸の前にあった）微かに動き、彼女を包《くる》んでいたガウンが音もなく滑り落ちたことを。

つるんとした裸身があまりにも間近に現れた。近すぎて互いの息が感じられるほどだ。

突然、私は大理石の彫像を感じた。古代ギリシャ人の手によるものだ。あれはヴィーナス……

そうだ。ヴィーナスだ。目の前にいるのは。

彼女はわずかに震えた。……微かに、小さく震えている。

春の終わりの薄ら寒さだ。

私は急いで自らのガウンを開き、その内へと彼女を掻き抱き、両の手でしっかりと抱きしめた。

彼女の濃厚な香りは私を窒息させんばかりに、優しく私の顔のすべてを覆った。

彼女はそれでもわずかに、そうは見えないぐらい微かに震えていた。私はなんとも自然に、さらに力を込めて彼女を抱いた。そのわずかな震えは、彼女の体の柔らかさをはっきりと私に伝えた。とりわけ、柔らかさの中に隠されている一抹の堅さを。


私はついに部屋の真ん中に置かれた寝台へと歩みを進めた。小さく一歩、また一歩と。私はほとんど彼女を抱き上げんばかりであったが、彼女は足を伸ばし、私に抱き上げられるのを拒んだ。それもよい。私と彼女はそのままの姿勢でゆっくりと進んでいった。

私はいつの間にか俯き、彼女もどうやら無意識のうちにわずかに顔を上げた。今、私たちは完全に向き合った。けれどもまだ彼女の顔全体がはっきりわからぬうちに、二つの顔、四片の唇はすでに一つになっていた。

おお、ウルリーケよ……

私はそのまま三度、舌を伸ばして彼女の舌先を「誘」い出そうとした。しかし、彼女は拒んだ。

さらに二度、三度誘う。この三度目に、なんとか彼女を誘い出すことができた。そこでさらに力を込めようとしたその時、彼女も私の舌先を吸った。ああ、ウルリーケ。可愛いウルリーケ。お前もついに口づけを知ったのか……。……いや、それどころか私を誘うことができるほどだ。私は誘い出され、深く深く吸い込まれた。それと同時に、彼女の体の震えがいつのまにか止んでいたことに気づいた。彼女はもはや震えていなかった。

けれども、まさにこの時、私たちは寝台に到った。そして私は気づいた。低くかかる満月の光が、その清らかな淡い光線を窓から射し込ませ、彼女の顔を、体を万遍なく照らしていることに。そして私と彼女は互いの唇を貪り続けていた。

ふいに彼女はその顔を照らす月の光を払いのけるかのように身を翻し、音もなく寝台に滑り込んだ。

私？　もちろん躊躇ったりせず、正直に遠慮なく彼女に続いた。私は――彼女はもはや月光の照射を逃れ、あるかないかのその微かな毫光を神の彫刻刀とし、自らの裸身を彫り出していたが――彼女がその毫光から身をかわそうとしているように感じた。神の彫刻刀から逃れようとしているのか？　そして同時に私から、私の目から、彼女に近づく私の体から逃れようとし、伸ばした私の手から逃れようとしていた。

最初彼女の体は柔らかさの中に堅さが隠されていると感じていたが、この時おかしなことに堅さの中に柔らかさがあるように変化した。いや、その柔らかさはなんとも弱々しく、ほとんど消えてしまった。

私はその堅さを柔らかく揉みほぐしてやらねばならなかった。それは私の責任であるのだ。彼女が私に柔らかく揉みほぐされるまで、おそらくしばらく時間がかかるだろう。とりわけ適切な調教と訓練が必要だ。「波瀾」を経てこそ、彼女は「女」になれるのだ。

何と言えばいいのか。それは一種の成長であり、一種の変化であろう。けれども私に寄り添う彼女、可愛いウルリーケ、十七歳のウルリーケ。彼女にこんな成長が必要なのか。こんな変化が必要なのか。彼女は、目の前の彼女の方がよっぽど彼女らしいのではないか？

そんなことを考えていた時、私の手は勝手に前に伸びていった。それどころか両の手は競うように、彼女の見事なまでに丸い乳房をつかんだ。

私は彼女を揉みしだき、撫でさすった……

私は依然として彼女を惜しんでいた。もし一人の女にとって、成長と変化とは人生において避けることのできぬ過程であったとしたら、神のご意思に従うしかない。

そうだ。彼女は少しずつその堅さをほぐしていった。

彼女は私を迎え入れることができる。私はもはやそんな自然の変化に抗えなくなっていた……

しかし、彼女の変化には、まだ一筋の抵抗があり、私が押し入ろうとするのを拒んだ。

しかし、変化とはもともと自然なものなのだ。抵抗の中、彼女はついに私を迎え入れた。

…………

私は少し息を切らせ、かすかに喘いだ。

彼女は再び震え始めた。……いや、震えではない。すすり泣いているのだ。私は涙の匂いを嗅いだ。彼女はなんとか泣きだすのを堪えていたが、やはり堪え切れなかった……

ああ、私のウルリーケ……

彼女は再びしなやかに私の胸に掻き抱かれた。

＊

二晩続けて、私の期待は外れてしまった。

けれども、その二晩の当て外れも、甘い思い出になった。それどころか今宵の逢瀬をさらに甘く、さらに悦ばしいものしてくれた……

おお、ウルリーケ、可愛い人よ。お前はついに我が扉を再び叩いてくれたのか！

また夜半を少し過ぎた頃であろう。あの幽かな響きがまた私の耳に届いた。そうだ。やっぱりあんなに微かに、まるで小さな手が扉を軽く撫でているとしか言えないほど微かに。けれども私はもはや風の音や木の葉の揺れる音かと疑うことはない。ほとんど最初の響きで、私にはわかった。

私は歩み寄り、扉を軽く開いた。同時に彼女がやや力を込めたものだから、扉はいとも軽く、それでいて待ちかねているかのように開いた。

おお、ウルリーケ、……可愛い人よ。我が愛する人よ、永遠の恋人よ……

私がまだ何も考えることができぬうちに、彼女はすでに私の胸の中に飛び込んできた。私は気づいた。我が両腕に抱かれている彼女はなんと裸身であったのだ。

よもや剥き出しの姿のままやって来たのか？　そんなことはあるまい。

彼女の裸身が私の懐にすっぽり包み込まれるのとほぼ同時に、彼女は頭をもたげ、私は俯いた。すべては自然であった。当たり前のように私たちは口づけをした。

今回は彼女がリードした。

彼女の舌先が私を誘い……、いや違う。私たちは同時に相手を誘おうとしたのだ。そして私はすでに彼女が全身から発する香りの中でうっとりしていた。だめだ。私は彼女を離さない。私は彼女の息の中に、もう一つ体の奥深いところから来る香りを感じた。

そうだ。彼女が放つ糸ほどの息も逃さない。彼女が吐き出す息のすべてを吸い取って体の奥に送り込むのだ。

私は全身の神経を使って、彼女の全身を感じた。

彼女の肌のすべてを。そして彼女の吐息のすべてを。おお、ウルリーケ。この一瞬で時間が止まってしまってもかまわない。そこに残されるのは、私の官能すべてに感じるお前の柔らかさと堅さ、そしてむせるようなその香り……

私と彼女はそうして移動した。すると足先で何かを踏んだと感じた。ああ、それは彼女のガウンだ。彼女に拾う気はない。私はそれよりも彼女との口づけの一秒一秒が惜しまれた。そしてすぐに訪れる二人が一つに溶け合うすべての瞬間が。

私は彼女を抱く両手を、その背から腋へ、腋から胸へと徐々に移らせた。そして三日前には感じることがなかった彼女の肌の滑らかさに気づく。知らず知らず神経すべてが掌と指先に集中し、肌を撫でながら徐々に移るその手に、驚くような滑らかさを覚えた。

おお、私のウルリーケ、我が女神、我がヴィーナスよ……

私の手は彼女の胸で止まり、両掌はそのそそり立つ二つの峰をすっぽりと覆った。

それは堅く屹立し、それでいて柔らかく、私の両掌に形容しがたい美感を与えた。

私はそれを軽く揉んだ。まるで、その堅さが何かの邪魔となっているかのように。うむ、いったい何を邪魔しているのか？

私にはわからない。

けれども三日前と大きく違い、幾度か揉み撫でるうちにそれらの堅さは消え、柔らかな屹立だけが残された。さらに違ったのは、今回はこんなにもはっきりとそのきめ細かさと滑らかさを感じたことだった。

不思議だ。三日前はこれほどまでの甘美な感覚はなかった。あの時の私は緊張していたとでもいうのか？

いや、そうかもしれない。しかし、ならばそれこそ喜ばしいことではないか。毎回毎回、新たな発見があり、新たな感覚、新たな体験があって、はじめて真の至高の境地に達するのだ。

私は両手を彼女の腕に置き、彼女を抱きしめたまゆっくりと下の方に伸ばしていった。そしてすぐにそれはたどり着くべきところにたどりついた。優しい柔毛に覆われた地帯の後ろは、深い谷に隠された花だ。

彼女がその体をびくっと震わせたのをはっきり感じた。しかしただ一度の震えに過ぎない。そして私の指はすでにあの潤みを感じていた。

おお、なんという心震える潤みであろう。私は思わず体が震えた。同じように、それもただ一度の震えに過ぎない。そしてその時、私たちは寝台の端へと来ていた。

月光が優しく差し込んでいる。三日前と比べると、

光は些か弱まっているかのようだが、それでも我が大理石のヴィーナスをぼんやりと見ることができる。それはかすかに光を放っていた。

と、語るより早く、彼女はすでに横たわっていた。横たわる大理石のヴィーナスは人の心を動かし、心を引きつける。

私はかがみ込むと自分の顔を彼女の顔に重ね、自分の唇で彼女の唇を覆った。私たちは再び誘い合い、纏わり合い、吸い合った。私はむせた。彼女の体から発する、とりわけ体の奥深いところから発する香りが私の顔いっぱいに広がったからだ。

私の片手は自由に動いていた。彼女がすでに私のために開いてくれているのか知りたかった。もちろん、十分な潤みがあるかどうかも。

私は完全に満足した。

そうだ。彼女はすでに私のために自分を開き、自分を濡らしていた。おお、私の可愛いウルリーケ…

……

たまらず口をついた。「ウルリーケ……」

果たして私の口がこんなにも優しい声を発したことがあったであろうか。こんなことを言ったなどとは自分でも信じられない。けれども私は言ったのだ。いや、叫んだのだ。あんなにも軽やかに、あんなにも優しく叫んだのだ。自分でも本当にそうだったのか疑わしいほど優しく。

おお、彼女はその両眼を見開き、無言で私の優しい声に応えた。

その瞬間、私は確信した。彼女は無言で私を促したのだと。私はすぐに身を起こし、彼女の潤んだ唇弁で滴るほど濡れそぼった唇を、突撃するかのように谷奥の花へと目がけて進んだ。

なんと……

ああ、なんと……

彼女はすでに潤んでいた私の唇を濡らし、そして私の口を、私の喉を濡らし……私の全身を……

*

彼女は腰をかがめて、扉から遠からぬ辺りに落ちていたガウンを拾った。彼女は去っていくのだ。

「ウルリーケ……」

私はたまらず小さな声で彼女を呼んだ。

彼女は確かに行こうとして、最初の一歩を踏み出していた。けれども私に呼ばれて足を止め、振り返った。

「?……」

あのつぶらな目とつぶらな瞳が何も言わずに私の顔を見つめている。

そのわずかな戸惑いの後、私はやっと混乱の中から言葉を選んだ……

「明日は?……」

「……」彼女は微かに頭を横に振った。

「明後日は？……」

彼女はまた頭を振った。

「その次は？……」

「……」彼女は激しく頭を振って答に代えた。

「来られないのか?!」私はほとんど叫びに近い声を上げそうになったが、なんとか声を抑えて言った。けれども喉が嗄れて、声にならないほどだった。

彼女は頷いた。

「どうして？……」

私はそう言い終わらぬうちに前に歩み出て彼女の手を取った。彼女は手を引っ込めようとしたもののすぐに静かになって、私が握るに任せた。

「私の……、私の母が……」彼女もまた声にならなかった。

「お母さんが許さないのかい？」

「違うの」彼女はわずかにためらったが、今度はこう言った。「お母さんに知られたの……」


おお、それはどういうことなのか。母親に知られたって？　でも母親は許さないとは言っていないと？

「それでは、お母さんに結婚の許しを乞おう」

「だめ、だめ」

「いやなのかい？……私に嫁ぐのは？……」

彼女はかぶりを振った。

「じゃあ、結婚しておくれ。お前のお母さんには私が……」

彼女はさらに激しくかぶりを振った。

これ以上明白なことはない。彼女は私と結婚したくないわけではないのだ。ただそれが無理だと思っているのだ。

なぜなら、おお、私のウルリーケ、お前はわずか十七歳。そして私は？

私は……

私は諦めるしかないのだ。この気持ちを押し殺すしかないのだ。なんたって私は……

彼女は私が握った手を振りほどこうとした。私は彼女が掴まれた腕の先に何かを握っていることに気づいた。私が手を離すと、彼女は逆に私に向かって手をさし出した。その手には何枚かの紙片が握られていた。彼女はそれを私に渡すと言った。

「ありがとう、ありがとう。私、幸せよ。永遠に幸せよ……」

彼女は扉を押し開くと、月の光の中に消えていった。

私は彼女が私に渡した紙片に目を落とした。おぼろな月の光の下では、それがいったい何なのか私には分からなかった。

全部で三枚。どれも手のひらほど、いや、やや大きいぐらいのものだ。その紙片には文字が書かれていることがなんとか見て取れた。

ああ、そうだったのか！

私ははっきりとわかった。それは私が捨てた詩稿だったのだ。

時々、私はそれらを丸めて机の脇の紙屑籠に投げ捨てる。時には思ったように書けない焦りから力任せに丸めたり、引きちぎったりして投げ捨てていたのだ。

そうだ。彼女はそれを拾ったのだ。……おお、ウルリーケ！　可愛い人よ。我が愛する人よ、永遠の恋人よ……

私は机に近づくと蝋燭を灯した。そう、まさに私が打ち捨てたものだ。

―――

冷たい、ちょうどここに置いた
大理石のお前の彫像そっくりに
この彫像と同じように、お前は生気がなく
堅く冷たい、石のようだ

―――

この四行目はすでに変えてしまった。何度も書き直し、最後にこうなった。

いや、石の方がお前よりよほど柔らかそうではないか

二枚目も何度も書き変えてこうなった。

敵は盾の後ろに身を隠させる　だがもし友なら
当然顔を寄せ合うものだ　だがお前は
私が近づくと、逃げるばかり
まるで破れた敵のように、逃げることばかり

またもや四行目だ。あまりに力がなく、イメージもはっきりしない。よってこう書き変えられた。

逃げるな　じっと止まりおれ　この石像のように

彼女はこれらの紙片をあんなにも大事にしてくれていたのに、私と別れる最後の時に、これを返そうとした。どうして……どうしてなのか?

忽然として、一すじの光が脳裏を走った。彼女はこれらの詩の意味を理解したのだ。おお、ウルリーケ、可愛い人よ。お前はそれが自分のために書かれたと知ったのだ。私がお前の心をあれこれ想像して書いたのだと。お前はその気持ちを受け取ったのだ。そうでなければそれらを大切に取っておくことはあるまい。そしてこの大事な瞬間にそれを私に返すとは。

けれどもそんな必要はなかったのだよ。それは私が捨てて、お前が拾ったものだ。もし大切に思ってくれるなら、どうか取っておいておくれ。記念として永遠に。

「ありがとう、ありがとう。私、幸せよ。永遠に幸せよ……」

ああ、あれは別れの言葉であったのか。私はいつもの言葉だと思って、そのまま聞き流してしまった。それがどれほどの間違いだったか。

そうだ。私が熱愛するウルリーケは最後にこの言葉を残して、私のもとから永遠に去っていってしまったのだ。

お前を熱愛する、そしてかつてお前に熱愛された私、ヴォルフガング・フォン・ゲーテ、七十二歳の老人を残して……

II　永遠のシュタイン夫人

この「庭園の家」をどう描いたらいいのだろう。「庭園の家」。人々はそのような呼び名から、すぐに公園の一角にある雑木林の側の小さな家を想像するだろう。

そんな所は誰でも簡単に想像できる。もちろん、深い緑が目に沁みるような林に、緑の野原、そしてうねうねと続く灰色の道路もだ。

そしてその建物そのものは、いかにも豪華なものなどではなく、それどころかおそらくはちっぽけな掘っ立て小屋で……、いやいや、あるいは平屋かもしれない。もしかしたら、人によっては「森小屋」あるいは「猟師小屋」のたぐいを想像するかもしれぬ。

これはまさに当たらずとも遠からずだ。けれども、時に事実は人の想像を超える。まず、その林は広さが数百ヘクタールもあって、底なしの大森林としか言えないほどなのだ。それにとうの昔から「イルム公園」という名がある。イルム河畔に位置しているのだ。そんな川、聞いたことがないなどと言うなかれ。この川はザーレ川の小さな支流とはいえ、いくつもの支流とともにエルベ川に注いで、最後は北海に流れ込むのである。

そしてわが愛しの「庭園の家」は、まごうことなくこの大森林、または大公園の唯一の家なのである。

……やはりもう少し正確に、そして具体的に説明した方がよかろう。それは木造で三十数坪ほど、四十坪足らずを占め、長方形を呈している。二階の上部にはなんとかもぐり込むことができる屋根裏部屋がある。そうだ。ぴったりの名が浮かんだ。「山荘」

だ。間違いない。まさに掛け値なし、保証付きの「山荘」だ。

　大きな森の片隅にひっそりと建つ、みすぼらしい建物だとバカにしてはいけない。その前から、いや、それよりその二階に上がってその窓から外を眺めてみるといい。底まで見えそうなほど透き通ったイルム川がゆったりと目の前を流れて行くのが見えるのだ。対岸にはわずかに盛り上がったところがあり、そこには領主の城と市街地がある。もしかしたら、君もすでにこの小さな山荘の平凡ならざる気配を感じ取られたかもしれない。そこに立てば、人々は国中――ヴァイマル大公国すべてを一望に収めることができるのだ。

　今や君もわかったであろう。この人目を引かぬ山荘は、確乎として極めて重要な地理的位置を占めているのだが、敬愛すべきカール・アウグスト公爵が気前よくここを贈ってくれたおかげで、私はこのなんとも言えぬほど素晴らしい山荘を有することになったのだ。

　ここまで書いたところで、なぜこのような光栄に浴することができたのかを説明するべきかもしれない。私、ヨハン・ヴォルフガング・フォン・ゲーテは――いやいや、私のこの名も最近、我が主アウグスト公がウィーンの神聖ローマ皇帝に願い出て、一介の平民であった私が帝国の貴族に列せられたおかげで賜ったものである。かくも長広舌をふるってしまったが、恐らく君はまだ私が何者か知らぬであろう。もう一つ、私の身分を証明するに足る「事実」とは、二年前の一七七四年の秋（私は二十五歳であった）、私が出版した一冊の小さな本である。書名は『若きウェルテルの悩み』で、聞くところによると、人々がみな手に手に一冊を持つほどヨーロッパ中で大反響を呼んだそうだ。

　この本を好まぬ向きは、その名を聞いただけで怒りに火がつき、私をして風紀を乱す好色作家と言い募るが、まあ私はその叱責を甘んじて頂戴しよう。なぜなら、確かに私の本は起きるべきではなかった多くの悲劇をもたらしたからだ。……主よ、どうか私を赦し給え……

いやいや、きちんと最初から話すべきだろう。話は長くなるが、それが何だと言うのか。

主カール・アウグスト公爵は満十八歳になるのを待って、自ら国政を掌握した。そこで、主の最初の仕事が私をヴァイマルの宮廷に顧問として迎えることだったのだ。あれはちょうど『若きウェルテルの悩み』を出版して二年目のことだった。正直に言うと、どうしてそうなったのかはわからなかったが、私がヴァイマルに着くやいなや私にとっておかしな騒動が持ち上がった。

この時、私はすでに「シュトゥルム・ウント・ドラング」、疾風怒濤の詩人と目されていたが、実際のところそれはひと様が勝手につけた肩書きであった。あるいはあだ名であったと言った方がぴったりかもしれぬ。宮廷中が私の着任で沸き立っていた。しかし、それはむしろ十八歳の主アウグスト公が引き起こしたものだったのである。自由、自然、力などの言葉が人々の合言葉となり、人々はそれを口にし、叫び、そのために論じ合い、まるで永遠に倦むことがないかのようであった。そしてその先頭にいたのが、まさにこの若き君主であったのだ。

もし、これらの一切に心を動かされなかったと言ったらあまのじゃくが過ぎるだろう。君主とともに、あの全ヨーロッパを巻き込んだ狂騒の中に身を置くことになり、そしてその地位によって自らが平凡ならざるものになったとして、短い間に確かに私は得意満面となった。

さあ、見てほしい。この期間の我が輝かしい履歴を。

一七七六年（二十七歳）、私はヴァイマルの枢密院参事官となり、一二〇〇ターラーの年俸を得ていた。この年俸は一家の生計を維持するのに十分であったが、実のところ実家から送られてくる生活費はこれよりずっと多かった。

数年のうちに今度は閣僚の一人に任命された。つまり、たった四人しかいない閣僚の中の一人となって、国政に携わるようになったのである。また、前述の通り私は一介の平民から貴族に列されたのであった。

ここに来て私は自らの責任の重大さを痛感せずにはいられなかったが、この小さな国とその君主カール・アウグスト大公を、私は深く愛さずにはいられなくなったのである。私は自らを抑制しなければならなかった。空論の時代は過ぎ去り、私は毅然としてこの国の全ての政務に携わった。国家財政改善のため、私はこれまで全くあずかり知らなかった鉱山開発の職務に足を踏み入れた。これらの仕事は煩わしいものであったが、私は些かも疎かにすることなく、この分野のすべてを理解するため、半ば強制的に、それも自ら強いて地質学と鉱物学を深く学んだ。これは政務官としてだけでなく、同時に詩人として、画家として、学者としての必修科目でもあったのである。

私は交通問題にも少なからぬ精力を傾けたし、イェーナ大学の運営や、各種の学校教育にも整備や改善が必要であった。もう一つ、驚くべき決断は常備兵力を半減させ、浮いた軍事費を産業振興に投入したことである。外交、財政などの国の政務にも責任を負わざるを得なかった。私は連日連夜努力を重ねた。最も効率のいい行政官としての役割を果たし、同時に責任を取れる政治家でなければならなかったのだ。ついでにもう一つ付け加えるなら、私は一国の宮廷のあるべき姿を維持すべく、ヴァイマルの市街に最も大きくして最も荘厳な領主城館を設立したのである。

これもまたこうした忙しさのさなかのことであったが、宮廷でのある会食の席上、私はシュタイン夫人と出会った——これはたった一回、それも生涯たった一回だけの本物の邂逅であったと言えよう。

彼女の名はシャルロッテ・フォン・シュタイン夫人。カール・アウグスト公のご母堂の仲のよい友人で、彼女の夫フォン・シュタインはアウグスト公の側近の一人であった。彼女は私より七つ年上で、出会った時にはすでに夫のある身だったというだけでなく、九年間の結婚生活ですでに七人の子どもをもうけていたが、三人の息子を残してみな夭折していた。彼女自身はそれによって年の割に衰えていて始終病に悩んでおり、そのような弱々しさが彼女を愛さずにいられなかった理由の一つでもあった。

私が生涯たった一度の本物の邂逅であったと言ったのは決して嘘ではない。いや、嘘などでありようがない。あれは生涯たった一度しかなかったからだ。いや、人によってはただの一度もないかもしれぬ。

それが私とシュタイン夫人との邂逅であった。

彼女は私が初めて出会った、文学や哲学について話せ、国家や社会が語れる、それも語り尽くせぬほど語り合える最初の友であった。その後知り合った友人の中で、これほど話せるものはわずか数人しかおらず、シュタイン夫人はまさにその中で最初に出会った一人だった。

シュタイン夫人は七歳年下のこの詩人を百パーセント認めたわけではなかった。たとえば、彼女は『若きウェルテルの悩み』を気に入ってくれた。この作品がいかに彼女の琴線に触れたのか、残念ながら細かく述べることはできない。あるいはただこう言えるのみだ。彼女は他の無数の読者と同様、その作品を愛するあまり幾度となく読み返し、幾度となく涙を流し、そして幾度となく欣喜した、と。けれども世間に対する悪い影響については、彼女にも幾許の憂慮があった。彼女には情の激しさがあり、そして知恵に富んだ理性を有しており、これは非常に得難いものだった。

とりわけ彼女が同調できなかったのは、もしかしたら貴族の出ではないがゆえの私の激越な性格だった。特に私のこの激越さは、主カール・アウグスト公に対しては強烈な影響をもたらしたが、彼女にとっては最も気が許せぬものであったのだ。

しかし彼女に対する私の気持ちはまさに「一目惚れ」で、出会ってすぐに彼女の博識さと優雅な物言いに引きつけられてしまった。そしてまた確かに感じていた。彼女もまた私と出会う前から、すでにウェルテルの作者を「知って」おり、名状し難い魅力を感じていたのだと。

あるいはこのように引き合う心と心には、ある種の荒唐無稽な説明を用いるしかないのかもしれぬ。すなわち、私と彼女はきっと前世で姉弟であったか、夫婦であったのだ。そうでなければ、こんなに自然な、いささかの歳月を経たかのような親密感は他に説明のしようがない。

私が「庭園の家」の主人になった頃には、彼女は我が家の常連となった。私はこの「庭園の家」に住んだ以上、当然ながらここで寝起きし、毎日ここから宮廷に出仕した。時に彼女は時間を見計らって私の馬車に同乗した。——が、そうすると、帰る時にも私のために遣わされている馬車で彼女を送ってやらねばならなくなる。ある時、彼女は自分の馬車に乗ってふいに「庭園の家」に現れた。——彼女によれば、私を驚喜させるためにそうしたのだそうだ。間違いない。そのような突然の来訪が、私を最も喜ばせたのだ。

想像してほしい。あの大きな森の一角で、心から愛する人とともに過ごすことを。人生これに勝る嬉しくも楽しい、心躍ることがあるだろうか。

「庭園の家」の裏庭には、なぜだかわずかに窪んだところがあった。この山荘を建てた人は、どうしてこんなおかしな所を拵えたのだろうか。住み始めたばかりの頃、私はとても不思議に思った。どう見ても何でもないところだし何の役にも立たない。けれども、それは私が物事をわかっていないということの証となった。シュタイン夫人が我が「庭園の家」に出入りをしはじめてから、そこは私と彼女が話をするのに最適の場所となったからである。ある寒い日なんぞは、もうすぐ雪が降るとわかっているのに、彼女はどうしても裏庭に出たいと言った。私は当然彼女を止めたが、言い終わらぬそばから、彼女は外に飛び出して行った。

しかたなく私は急いで大きなマントをつかむと彼女を包み、そのままマントごと彼女を抱いて屋内に入った。彼女の身分からすれば、こんな冗談はできない。でなければ、たいへんなことになってしまう。

こんなことが幾度あったのか覚えていない。そうだ。もし私の記憶に間違いがなければ、これは五度目だ。どうして彼女がそんなことをするのか私にはわからない。まるで少女がいたずらをするかのようだった。いや、違う。私はふと思った。もしかしたら、彼女は昨秋のあの初めてのことを思い出したのかもしれない。

それは私と彼女の間の秘密だった。人に知られてはいけない――これは私の想像にしか過ぎないが、彼女もまたきっと同じことを考えていたに違いない。

ちょうど今日みたいな天気だった。雪は降っていないが、降りそうな気配だった。それもその年最初の雪だ。彼女は突然興奮したか何かで、裏門を開けて裸足で出て行った。私は彼女を止めようとしたが、すでに間に合わなかった。彼女がすでにあそこに立っているのが見えた。次第に慣れ、次第にそこで語り合うのが好きになったわずかな窪みに。

彼女の細くて白い足を見た途端、突然足の裏から寒気が伝わってきて、たまらなくなって身震いした。想像するまでもないし、想像する間もなかった。彼女はまさにこの時、足の裏から森の寒さを感じ取り、それはすぐに全身にいきわたったに違いなく、その寒さは当たり前のように私の頭の先から足の先まで伝わって来たのだ。

「………」私は思わず叫んだ。

何と呼んだのかわからない。もしかしたら彼女の名「シャルロッテ」だったのかもしれない。けれどもその瞬間、私の頭は完全に空っぽで、そこにあったのはたった一つ、彼女にそうさせてはいけないということだった。たった今突然伝わってきたあの寒さは、私でさえ堪らなかったのだから、いわんや彼女に耐えられようか。

私は壁にかけてあったあのマントをつかむと大急ぎで駆け下り、とにもかくにも彼女を包み込んで屋内に戻った。

私の懐には何重にも彼女を包み込んだマントがあった。彼女はもがいた。けれども私はほとんど彼女の頭からすっぽり覆いかぶさり、両手でしかと抱きしめた。彼女はなすすべもなく、私のなすがままになった。私は部屋に戻ると彼女を優しく下ろし、彼女はやっと束縛から逃れた。まず彼女は顔半分を出した。次の瞬間には顔全部が出て、頭すべて、肩、胸も露わになり、そしてマントがするっと床に滑り落ちた。

どうしてだかわからないが、彼女の最初に現れた半分だけの顔が、おかしなほど私に強烈な感じを与えた。

その感じは何と言っていいかわからない。たった一つはっきりしていることは、その一瞬の異様な感じは私がそれまで経験したことがないものだったということだ。――彼女の顔のすべて、身体のすべては見慣れた、よく知っているものであった。しかし、その突如として現れた片方の顔……片方の目、片方の眉、半分にも満たない、あるいはほんの少しの額、幾筋かの髪、半分しかない両唇、そしてこれらのすべてはほんの一瞬で私がよく知っている顔全部に取って代わられてしまった。そして忽然と消えたあの半分だけの顔――そこには病苦もなく、老いもなければ衰弱もなく、不思議な光彩と、不思議な艶めきと魅力があり、名状し難い力で私の魂をさらってしまったのだ。

「…………」

私はまた叫んだ。思わず呼んでしまったのだが、自分でも何と呼んだのかわからない。唯一わかったのは、こう呼んだ時の声は乾き、嗄れ、掠れていたことだった。

また知らず知らず私は大股で歩み出で、両手で力強く彼女を抱きしめた。しっかりと抱きしめたのだ。

「だめよ、ヨハン……だめ……」

彼女は何かを察したかのように、両手に力を込めて私から逃れようとした。けれども半歩遅かった。私はすでに彼女の両腕をきつく抱え込んだ。自分の心とはうらはらに体が勝手に動き、そして言葉さえ発さず、ただ力いっぱい彼女を抱きしめた。

「だめだって……」

彼女の言葉にはさらに力が込められた。しかし、すでに元には戻れないことを察したかのように、二、三度もがいただけで力は消えた。そうなると、彼女はその身を私に差し出したようなものだった。

「シャルロッテ……」私の声はさらに嗄れ、掠れていた。だが、これらの言葉はすべて余計だとわかっていた――ああ、この時の私は言葉がどうだったなど知ってはいなかった。私はまったく何もわからなかったのだ。ああして両手で彼女を抱きしめ、私のあの部屋に抱き入れること以外に……

私にとってなじみのないものではない、その実極端になじみのない時間をしばらく送った。しばらくというのが長いものなのか、短いものなのか、たった数刻のことなのか、あるいは永遠かもしれないのか、私にはわからなかった。

あるいは最も直接的で簡単な言い方をすれば、私は私自身を失ったのだ。

けれども、最後には私は私自身を取り戻した。私は自分が何をしたのかわかった。それはするべきではなかったことだったのに。私の罪は深い。私はほとんど獣と同じだった。

それだけではない。私はそれを最も尊敬するレディーにしてしまったのだ。これ以上に許し難いことがあろうか。

私は全身が不思議に虚脱しているのを感じた。私は悔み、恨んだ。私自身を恨んだ。一人の詩人、『若きウェルテルの悩み』の作者として、ウェルテルのおずおずとした恋愛から愛に殉ずる純情が、そしてアルプスのあの紺碧の天空まで響くような愛の告白が、不倫の愛に陥るかもしれないとわかった時、毅然として身を翻した。こうした純愛は嘘になってしまったのか。

そうなのだ。私は私でなくなってしまったのだ。

そう思うと、涙が流れ落ちることを禁じえなかった。

「ヨハン……ヨハン……」

それはシャルロッテ、私のシュタイン夫人だった。

彼女はゆっくり歩み寄ると、私の体から両手を伸ばして私を優しく抱きしめた。

ああ、シュタイン夫人、私のシャルロッテ……

私はさらに大声で泣いた。そして顔を彼女の痩せた胸元に埋めた。彼女の両手は私の頭を掻き抱き、私が子どものように泣くのを聴くにまかせた。

「ほらほら、子どもみたいに泣いて」

「私は……、私は……貴女に申し訳なくて……。私は実に……」

「いいのよ、ヨハン。誰にも謝ることはないわ」

「いいや、あるんです。貴女に申し訳なくて……」

「気にしないで。私は気にしていないわ。あなたは私に申し訳ないことなどしていないもの」

けれども私は泣き続けた。


二日が過ぎ、すでに夕刻時分、シュタイン夫人は再び私の「庭園の家」を訪れた。

次第に近づいてくる馬車の音を聞くと、また涙しそうになった。私はそれを抑えざるを得なかった。とりわけあの日、してはいけないことをしてしまった、まったく大それた罪を犯してしまった時の身の置き場のない、人に顔向けできないような感覚を思い出した。けれども、私は忘れない。私のシュタイン夫人は私を許してくれたのだ。彼女はあんなにも温かく私を抱きしめてくれた。

まるで彼女の意識の中では本当に大したことではなかったかのように。

そしてこうした私の千々の悩みは、どれも余計なことであったのだ。

「ヨハン……ヨハン……、来たわ！」

車から降りるや否や彼女は叫んだ。その声は明らかに朗らかで、まるでその瞬間のイルムの森の上に澄み渡る青空のように、一片の曇りもなかったと言えよう。

彼女が室内に入るや否や、二人は一つに抱き合った。

「まあ、あなたったら、ヨハン、まだ心を痛めているの？」

　彼女の洞察力はよく知っているが、まさかわずかに一瞥しただけで私の心のありかを見通すとは思いもよらなかった。私は怖くなるほどだった。

「心を痛めている？　私は……」

「まだそうじゃないと言うなんて……。さあ、行きましょう。裏庭で坐りましょうよ」

　私たちは自然に肩を並べて裏庭に向かい、自然に肩を寄せ合い、また自然に私の手が彼女の肩を抱いた。彼女のあのなじみのある香りが私の顔全部に広がり、鼻腔に入り、ほとんどむせるほどだった。後悔の余韻がまだ消えていないというのに、まったく勝手にあの許されない欲情が再び体の奥底から湧き上がり、彼女のあの蠱惑的な半分だけの顔が忽然と目の隅に浮き上がった。

　だめだ。私は無言で己を責めた。私はなんと厚顔無恥な人間なのだ。どうしてこんなことになってしまったのだ。

　体に力を込めて、邪念を抑えて撃退しようと思ったその時、彼女は突然頭をもたげ、私の瞳を覗き込んだ。けれどもたった一瞬覗き込んだだけで彼女は私の心の中を見透かしてしまったようだった。

　本当だ。彼女の目の中の私は、逃げも隠れもできない子どもだった。自らを制御することができない弱者、いたずらに外面をつくろう懦夫であった――と、さまざまな考えが脳裏を巡ろうとした時、彼女はすでに身を翻した。訝しく思ったちょうどその時、彼女はすでに屋内に向けて戻り始め、私は後を追うしかなかった――実際は彼女が私の腕に自分の腕をからめて、引っぱるようにして部屋に戻ったのだ。

　私はまだ彼女が何をしたいのかわからなかった。彼女は何も言わず、二人はそのまま部屋に入った。そして彼女は私の服を脱がし始め……

　まさか……私は半信半疑だった。それどころか心の中で自らの憶測を強く否定した。違う……そんなことがあるはずが……

だが私はすべて彼女にされるがままになっていた。「シャルロッテ……」私の口は乾ききって声にならぬほどだった。

「……」彼女は声を出すなと手で示し、手早く自分も裸になると、私を寝台に横たわるよう促した。なんと……私はほとんど叫ぶところだった。

事実は明らかだった。私は頭に血が上り、鼓動が加速するのを感じた。これはなじみの感覚だった。愛を交わす時はいつもこうなのだ。けれども、私は気づいた。これまで、こうした時はいつも本能のままにことを行い、激情が一回また一回と私の頭を衝き、私の全身を衝くたびに、一回また一回と炸裂し、一回また一回と爆発して、最後に果てて止む。だが今回はそんな衝動はなく、数回血潮が駆け上っただけで落ち着いてしまった。その後にやってきたものは一種の不思議な陶酔感――これまで、こんな場面では感じるはずがなかった陶酔感であった。

おお、……彼女だ。私のシュタイン夫人。彼女は私を撫で、私の体じゅうを撫でている。その陶酔感は彼女の手のひら、手の指から伝わってくるのだ。彼女は私を動かさなかった。いや、私だ。私自身が動けなくなったのだ。私は半ば窒息状態で、ただやっと息を吸い、注意深く息を吐いているだけで、もはや私は私自身を見失っていた。そこにはただ陶酔、陶酔だけがあった……

それから彼女は私の体に乗った。知らず知らずのうちに、彼女は私を迎え入れた。それは不思議な、かつてない感じだった。テューリンゲンの森の最も奥深い静けさの中に身を置いたかのように、私はさらに深い、深い陶酔感の中に落ちて行った。

そしてまた彼女の中で私が膨らんでいくのを感じた。膨らんで、膨らんで、私は爆発した。爆発して、炸裂して、……炸裂して、爆発して、そしてすべてはまたもとの静けさに戻った。ああ、こんなにも自然で、まるでさっきのことは太古の昔に私たちの遠い祖先が行い、成し遂げた最も純粋な愛の行為のようであった。

「ああ……シャルロッテ……」私の口はもう乾いてはいなかった。けれどもその声はまだ弱々しかった。

彼女は私が口を開けることをやめさせるかのように、そして何かの終わりを宣告するかのように腰をかがめて私に口づけをした。深く、深く……

私は理解した。私はついにあることを成し遂げたのだ。それは、それまで知ることのなかったことだ。それはシュタイン夫人の導きにより成し遂げられ、私はそれまで味わったことがない満足感を味わっていた。――いや、それは満足感ではなく、ある種の究極の感覚だったのかもしれない。しかし、私はそれを言葉にできない。ただ私にわかるのは、それが一種の感激を伴って来たことだ。そうだ。私は感謝しよう。主イエス・キリストに心から感謝を……

ふいに両眼がツンとすると、彼女の口づけは私の左目に移り、やがて右目に移るとたった今滲み出た涙を吸い取ってくれた。私はまた新しい感覚を得た。彼女が吸わなければまだいいが、涙を吸い取ると、吸い取るそばからまた涙が溢れ出てくる。そして言うまでもなく、彼女は半滴も残すことなく、すべて吸い取ってくれたのだった。

一七八二年、我が主カール・アウグスト公爵は私の労をねぎらい、また国家に対する非凡な貢献を鑑み、そしてまた毎日の出仕にともなうちょっとした面倒を避けるため、市街のフラウエンプラン広場に面した大邸宅を私に下賜された。ここに落ち着けば、より多くの時間と精神を、主と国のために捧げることができるからである。

それは長方形をしたバロック様式の建物で、絢爛豪華とは言えないが十分大きく、階下と二階の部屋数は十七もあり、三階は屋根裏部屋なのであろうが、やはりたくさんあった。私が最も切実に必要としていたのは大型の各種鉱物標本を置く部屋だった。今後も増え続けるはずなので、その時点でどれだけの空間を必要とするかはまだわからなかった。そのほか解剖学の標本だとか、光学と色彩学の研究器具など……があり、私自身も特大の書斎、作業室、研究室が必要だった。とりわけ必要なのが研究用の特大の机と、それを容れることができる大きな部屋で……いやいや、数え出したら切りがない。要するに、この屋敷は私にとって十分広く、必要に応じて使えるものであったのだ。

私はついにイルム公園の中の「庭園の家」を離れた。あそこに私は六年余り住んだが、敬愛するシュタイン夫人と知り合い、愛し合ったのもちょうどそのぐらいの長さだったろう。この六年の歳月に、シュタイン夫人の手ほどきのおかげで、私は自ら誇れるほど本物の男になったと感じた。そして私の「狩人の夕べの歌」など初期の詩篇と戯曲もまたここで書きあげられたのだ。*

＊ここで引用されている詩のタイトルは、原文では「旅人的傍晩之歌」となっており、日本語版のゲーテ詩集では「旅びとの夜の歌」と訳されているものに当たるが、ここで実際に引用されている詩そのものは「旅びとの夜の歌」ではなく、「狩人の夕べの歌」と題される別の詩である。そのため、日本語版では詩の内容の方に合わせて、タイトルを「狩人の夕べの歌」に修正している。

新居に移ってからは、私と彼女の住む家はより近くなった。私のこの大邸宅脇の路地から少し歩くと、三分もしないで彼女の薄紅色の、各階に十いくつもの部屋を持つ三階建ての屋敷に着く。言うまでもなく、それは夫のファン・シュタイン氏の家だ。宮廷で馬を管理しているこの中年男は、仕事をするしか能がなく、妻を一顧だにしないゆえ、彼女が私のもとにやって来るにも、私が彼女に会いに行くにも極めて都合がよかった。
そうだ。彼女は夫のある身であった。けれども、数年に渡って彼らは夫婦として有名無実であり、婚姻生活は彼女に苦痛をもたらすばかりだった。ゆえに私は自分が彼女に最大の慰めを与えるべきなのだと確信していた。これは肉体的、生理的な欲求のみを指すのでなく、思想や芸術活動において、とりわけ精神の上で、彼女の親友となることが自らに課せられた責任だと思ったのだ。いやいや、彼女の方が私を導き、啓発したのだ。彼女がいなければ私も、そして私の作品も存在しなかったといってもけっして過言ではない。
その数年の間、彼女のために書いた詩篇は数多く、はては『シュタイン夫人』という詩群も編んだ。ここに一、二篇記しておこう。

「狩人の夕べの歌」

獵銃にたまをこめ、野をしのび行く、
はげしい心に靜けさを装いて。
すると、懐かしいそなたの姿が、
そなたの愛らしい姿がはっきりと眼に浮ぶ。

そなたは今し靜かに心もなごやかに
野を過ぎ、懐かしい谷を越えてそぞろ歩み行く。
ああ、たちまちに消え去る私の姿は
そなたの眼にはうつらないのか。

そなたに捨てられたればこそ、
心たのしまずいらだたしくも
東に西に世をあまねく

さすらい歩くこの身の姿。

そなたを思えば、
月を覗き見るような心地して、
静かな平和に満たされる、
何故か自分には分からないが。

高橋健二訳『新訳ゲーテ詩集』新潮社（一九四三）

「シュタイン夫人に」

ここに来てきよらかなしずかな自然をうつしている
あいだも
ああ　心は前からのかなしみでいっぱいだ
ぼくはいつだってその人のためにだけ生きているのに
そのひとのために生きてはならないのだから

片山敏彦訳『ゲーテ全集　第一巻』
人文書院（一九六〇）

III　クリスティアーネ　我が愛

部屋に入るや否や、クリスティアーネはまるで獣のように私にのしかかった。

それはいささか意外であった。しかし事は私に猶予を許さず、考える間を与えなかった。なぜなら彼女は私の首に巻き付けた両腕と、私の腰を挟み込んだ両足に全体重をかけて、私の体にぶら下がったからだ。

少しばかり重みを感じたが、言うまでもなくそれは耐えられないほどの重みではなかった。いやいや、私は彼女の全体重を支えて屹立しなければならなかったが、実際私は微動だにしなかった。そしてその瞬間、彼女のその唇は自然に私の唇に重なった。

かつてこんな口づけをしたことがあったのか思い出せない。あまりにも自然に、まるである種の磁力に引きつけられたかのように、四つの唇がぴったりと合わさったのだ。

コツッ……

また、コツッ……

それは歯と歯が軽く触れた微かな音だったが、なんとも軽やかに脳の奥深くまで伝わった。

その時、彼女の舌が二人の唇の隙間を縫って伸びてきた。それとほぼ同時に、私の舌は彼女にきつく吸われたかのように両方の唇の隙間から伸びていった。

深く、深く伸びていった。

ああ、クリスティアーネ。お前にはわかるまい。この瞬間、お前の吐き出した息が、お前の鼻からそのまま私の鼻腔に吹き込まれた——つまり私の鼻腔に吸い込まれたと言っても間違いない——ことを。

私はお前の息が一筋ほどでも漏れてしまうことを恐れた。そうなればどれだけの損失になろうか。そしてそれ、お前の息は、どうしてそうも芳しいのか。私は窒息しそうなまで懸命に吸い続け、肺は今にも破裂せんばかりだ。しかたなく大急ぎですべての息を吐き出し、私を迷酔させるその息を再びはじめから吸い直した。

尽きせぬ美妙、尽きせぬ陶酔……

この美と陶酔の中、私は自分の体の中のある部分が燃え始めたのを感じた。燃えている。めらめらとした炎がそこで燃えあがっている。

私はもはや自分が何をしているのかわかっていなかった。何か名状しがたい力が私を駆り立てたかのように、私は少しずつ歩みを進めた。唯一働く知覚は嗅覚で、私は依然として彼女の吐く息は毫も漏らすことができなかった。それから私は彼女を下ろした。あの寝台の上にだ。私の手は相変わらず言うことを聞かず、いや、それは、私の手は私の体から、私の意識から遊離したかのようであった。それは自ら進んで何かを探索するかのように這い進んだ。そして何かをつかんだ。丸々として、はちきれんばかりのものを。

ああ、それは彼女の乳房だ。それは私の手のひらの中ではっきりと震え、蠢き、堅くなった。それもまた明らかに彼女の体から、意識から離れていた。おお、クリスティアーネ、それは生きている、生き生きとした、生き生きとした乳房なのだ……

私はたまらなかった。ああ、私にはたった一つの頭しかない。たった一つの顔、たった一つの鼻、たった一つの口しか。私はとりあえずあの芳しい息をあきらめ、彼女の胸の生き生きとしたその肉塊に顔を移した。私はその乳首を優しく咥えた。私の舌先で、その小さな乳首は蘇った。

手は乳房を口に譲ると、当然のことながらまた新たな目標に向かって探索を始めた。

なんということだ、クリスティアーネよ！　なんと「お前」は唇、乳房、乳首と同じように濡れそぼり、みなぎり、溢れかえっているではないか。まるで一個の生物のように生々しく、音もなく叫び、待ちかねている。私を呼び、私を待ちかねているのだ。やがて私が知ることになる美しさ、しなやかさ、陶酔、はては生と死、死と生、一切合財すべて準備が整い、あとは私に奪われるのを待つだけだった。

おお、クリスティアーネ、「お前」は氾濫しているではないか。それは満溢どころではない。おお、おお、それは神に約束されたカナンの地に流れる蜜だ。

お前の息は荒くなり、わずかに全身が震えている。

さあ、私にその蜜を思いっきり味わわせておくれ。

ほんの一筋も逃さずに。

それから、私はゆっくり、ゆっくり進み入った。


お前はまだ氾濫している。だが、もうそんなことはどうでもいい。なぜならば、私は激流の中の笹舟になったかのように、奔流に身を任せていたから。私は狂ったように放たれ、奔騰し、駆り立てられた……

「おお、おお、クリスティアーネ、我が愛よ……」

誰がそう言っているのかわからなかった。ただその声は明らかに自分の喉から——その喉の最も奥深いところから発せられたものだった。

「私……私は死んでしまうの？　ヴォルフガング……」彼女もぼそぼそとつぶやいた。

「そんなことないさ、我が愛するクリスティアーネ。お前は死なない。誰も死んだりしない。その逆だ。私たちはこんなにも美しく、無上の美、無比の美に生きているのだよ」

彼女は死に物狂いで私に抱きついた。私も力いっぱい彼女を抱きしめた。私の両腕の中に抱かれ、彼女は震え、喘いだ。

私たちはそのまま一つになり、激流の中に浮かび上がりまた沈んだ。

彼女のわずかに閉じた両眼にはひと滴の涙が浮かび、筋となって左右の頬を伝わって流れ落ちた。そしてまたひと滴……

おお、おお、クリスティアーネ、我が愛よ、私まで泣きたくなってしまったではないか。私の両眼はツンとして熱くなり……

「羅馬悲歌」I

聲あらば語りてよ、古き古列《いしつら》、雅《みや》びの館《やかた》。
一言を告げよかし、並ぶ家群《いえむら》。
あたり潜める精霊よ、動《ゆる》ぎいでてよ。
ゆゆしくも繞らせる遠つ祖《おや》の城壁の下に、
永遠の羅馬《ローマ》よ！　汝、靈に憑かれたる如くなれども

我にのみものみな黙《もだ》せり。
おお、我に囁かん人ありやなしや、いつの日かやさ
　しき女
われを燬《や》き、われを蘇《よみがえ》らせむ
その女《ひと》の家の窓いま何處《いずこ》にかある。
知らましや、ゆきかえり
貴《あて》の時間《とき》をもわが惜しまざらんその家の通路《かよいじ》。
今はなお我、寺院《てら》を訪い、館を眺め、廢跡、圓柱《まろはしら》を
　求《と》めてさすらい、
羇旅に物識らんとする戒慎の行客には似たれ、
かにかくに心足らわず
我を迎へて幸に浸さむ
ただ一つの戀神《アモル》の靈祠にのみ想い懸れり。——
羅馬はもとより大世界なれども
恋なくて世は世にあらず、されば羅馬も
君なくて羅馬ならずも。

III

かくはやく我に靡けるきみが身を
悔うことなかれ、こいびとよ。
侮《な》め心きみや卑しと思うべき。
戀の兒神の猟矢《さつや》には　許多《ここた》の作用《はたらき》あるものを。
あるは傷より毒注ぎ入れて
長き月日の起臥に
心蝕《むしば》む矢もあれど、
いま羽つよく、鏃《あじり》研ぎさし
髄を穿ち、血を焚く矢こそ
ああ
われらを打ちぬ。——
雄《たけ》き太古《むかし》、神々どちの恋いざまは
目交《まなこか》わすれば心動き、心動けば交歓せり。
イダイの森に貌《さま》變えて　羊飼い女《め》のアフロディテ、
アンシセスに戀慕すれば　しばしの暇も躊躇《たゆた》わず。
うるわしや　月に睡れるエンデイミオン、
妬《ねた》み心の　暁《アウロラ》が　醒まさぬさきにとルナの神
いそぎ抱きて口づけぬ。
躁祭《さやぎまつり》に　レアンデルはヘロをかい見て
夜の海を　熱き身のまま泅ぎけり。
チベルの水を汲ましと　王の娘のレア・シルビイア
石階《きざはし》くだりしその時を　神は捉えて伏し寝《いね》ぬ。
かくてマルスは子を生めり。その雙生兒《ふたご》をば
牝狼は来て哺《はぐく》めれば、やがて羅馬は
世界の女王となりにける。

V

古さびし國にありて　わが胸悦びに昂まれるよ。
優しき聲ありて　過去より　現在より
いよよ高く　我に喚びかくる心地す。

手もいそがしくうちふりい　古き書くり拡げ、
示しに從い、日々に受用《たのしみ》を鮮《あらた》にせり。
ただ夜は昧爽《あけ》まで　戀の神に仕ふれば
學ぶことは尠なけれども　快き感《おもい》は我を浸せり。
否とよ、夜にしも學ぶことあれ。
目は　女の娜《なまめ》ける胸をうち觀、手は腰のへを滑ると
　きには
大理石《なめいし》の術《わざ》の秘奥をもさとりぬ。
われは沈思し　われは比較す。
觸《さはり》ある眼もて見、もの見る指《おゆび》もて觸る。
よしや晝の間は　女の縦気《むらき》に戯れて數刻を失えりとも
夜は美しき時を償えり。
接吻の間にはくさぐさの理をも語りつ、
女まどろみに落ちれば　我また臥して思念《おもい》に耽れり。
その腕に抱かれて詩を記したることも屢々に、
指先かろくまさぐりては
ヘクサメーテルの韻律を　女の脊骨に數へき。

睡る女の吐《つ》く息は微かに
わが胸の底に火焰を搔き立つ。
かかるときアモルは燭火に油注ぎさし
古代《いにしへ》の三人の詩人に
同じ配慮《こゝろづかひ》せし時を回想《おも》えり。

片山敏彦訳『ゲーテ全集　第一巻』改造社（一九三六）

＊

ついにイタリアから帰って来た。合わせて一年と十カ月。おお、なんと遥かな旅路であったか。

一昨年の九月、初めてローマを訪れた。

昨年、ナポリ、シチリアを経て再びナポリへ行った。それから二度目のローマ行きだ。

おお、この一年間、我が足跡はイタリア全土に遍く刻まれた。とりわけ、ヴェスヴィオ火山とポンペイの遺跡、そしてシチリア島に、である。航路はカターニア、メッシーナを辿り、再びナポリに着いた。

それは快適無比の海の旅であった。

人が旅をするのは到着するためでなく、旅行するためである。（ゲーテ）

それから今年で、――ああ、私は三十九歳になった。三十九歳だ。三十九歳とは何だ？

それは三十八歳ではなく、もちろん四十歳ではない。

四月、私はローマを離れ、フィレンツェ、ミラノを経て、コモ湖を過ぎ、二カ月近くを経てイマルに戻った。

これは主公の許しを得てのローマの旅であった。私は「ローマ悲歌」と名付けた数百の詩篇を、誠心誠意を以って主カール・アウグス公爵に捧げた。

話を続ければ、ヴァイマルに戻ってひと月もたたない七月に、私はクリスティアーネと出会ったのだ。

これが私の三十九歳――三十八ではなく、四十でもない、足しも引きもしない三十九のことであった。

*

「私には『愛』ってこんなものなのかどうかわからない。ヴォルフガング、まるで……うまく言えないわ、私には言えない……」

「ただ、こんなにも自分が嬉しがっているってことはわかるの。まるで、八歳か九歳の頃、もしかしたらもっと小さい頃、初めてお人形さんをもらった時のように……」

「ヴォルフガング、あなたはあの初めての……お人形さんじゃないわ、男の人なの、私の初めての男の人……」

「私は知っているの。私たちが『愛し合った』時、私は別人になったのよ。私にはうまく言えない……言えないけど、ヴォルフガング……、私は別の人間になったのよ……わかる？　あなたはきっとわかっているわよね、そうでしょ？……」

　おお、クリスティアーネ、お前は未だかつてこんなにたくさんの話を私にしたことはなかったね。クリスティアーネ、我が愛よ。けれど、お前はいったい何が言いたいんだ？　私にはわからない。

「あなたおわかりになって？　ヴォルフガング？　私は別の人間になってしまうのよ。私はね、私はもう私じゃないの。私はママなのよ」

　私は驚いた。クリスティアーネ、お前は何を言っているんだい？　どうしてお前がママなのだ？

「あの時ね、ヴォルフガング、あなたが私をああやって愛してくれた時ね、私はわかったの。私はママになるって。わかる？　ヴォルフガング？」

　私にはわからないよ、クリスティアーネ、我が愛よ。私にわかるのは、お前が深く深く満足感に浸ったということだ。もしかしたら、それは一種の解放感だったのかもしれない。自分が自分でなくなるのだ。完全に空っぽになる。そのまま静かに横たわっていると、まるで海の底深くに横たわっているかのように感じる。そしてお前の人生で最初の、もしかしたら唯一の男であるのかもしれない私は、まさにお前にそう信じさせた、そう感じさせた人間なのだ。一人の男として、これ以上男らしくいられようか。これ以上男であることができようか。

　私はそうやって自ら誇るに値する男なのだ。そういうことなのか。

　けれども、私はやはり彼女が何を言っているのか理解できず、そのためひと言も返すことはできなかった。ただ静かにぎゅっと彼女を抱きしめるだけだった。彼女もまた同様に私をきつく抱きしめた。

＊

　しばらくしてから、私はやっとあの夜クリスティアーネが言わんとしたことが何だったのかわかった。

――私は愚鈍な人間であった。愚かにもほどがある。

実際、彼女はこれ以上なくはっきり言っていたのだ。ただ、私が理解できなかったのだ。言ってみれば不思議なことだし、神秘的ですらある。もしかしたら神のみぞ知ることなのかもしれない。

彼女は、身ごもったのだ。ああ、クリスティアーネ、そうだろう？

そして私は父親になるのか。クリスティアーネ、そうではないのか？

彼女の言いたかったことがはっきり理解できた時、突然ある種の不思議な感覚に襲われた。まるで電撃を受けたように、一瞬で全身が固まり、動けなくなった。そしてすぐに力が抜けたが、燃えるような力が私の体に湧き上がり、全身を激しく震わせた。

おお、それは慣れ親しんだものだ。この瞬間、自分が他のいかなる時よりもクリスティアーネを強く求めていることに気づいた。

「おお、クリスティアーネ……」私の声はかすれ、ほとんど出てこない。

私は彼女に覆いかぶさり、組み敷いた。

「ヴォルフガング、あなた……」

彼女が何を言いたいのかわからなかった。「だめよ……」か。私を拒むのか。それは無理だ。これまでお前は私を拒んだことなどなかったではないか。そうだろう、クリスティアーネ？

今度は私は一頭の獣と化した。私がやすやすと彼女の衣服をはぎ取ると、彼女はいつものようにおとなしく私を迎え入れるそぶりを示した。

私の血潮はドクンドクンと私を打ち、彼女の話を聞いた後の私の耳の鼓膜にドクンドクンと響いた。

「……私はもう私じゃないの。私はママなの……」

おお、それは私、私とクリスティアーネの子どもなのだ。その子がそこにいるのだ。

私には彼が見えた。クリスティアーネよ、私には彼が見えたのだ。

ドクンドクンという響きの中に、私はもう一つ声にならぬ声を聞いた。そうだ。それはお前の子なのだ。彼はそこにいる……

私はこの声にならぬ声に導かれ、彼女の体を起こさせた。

どうしてこうなったのかわからなかった。私とクリスティアーネの子がそこにいるからなのか。――私にはどうしてそうなったのか本当にわからなかった。

私は自らを訝しみ、思い悩んだ。しかし、それは一瞬のことに過ぎなかった。その一瞬が過ぎた後、私はぽかんとしてしまった。

目の前の不思議な光景が、私をふいにぼんやりさせてしまったのだ。

それは二つの真っ白な、楕円の肉だった。その白

さの奥には赤みが差し、柔らかく、滑らかで、しなやかで、……そして艶めかしい……

それはクリスティアーネ、我が妻、まだ見ぬ我が子の母親、いや、掛け値なしの母親であった。おお、クリスティアーネ、それはお前なのか。

私は見た。じっくりと見た。一点の間違いもない。それはお前だ、クリスティアーネ。私は燃え上がるものを、さらに猛烈に燃え上がらせ続けた。ほとんど火だるまになる寸前だった。

その火の光の中でその白い肉は次第に大きくなり、大きくなり、私の視線を遮るほど大きくなった。さらに細かく凝視し続けている私の目に、二つの大きな白い肉壁に挟まれた中間部分がはっきりと映った。

おお、それは――それはお前なのだよ、クリスティアーネ。それは潤み、溢れ、期待し、待ちかねていた。それから、私は知っている。それは氾濫して奔騰し、翻り、空を翔け、最後に深い淵に沈みこみ、

深海の底のような静寂で休むのだ。これまでと同じように。だろう、クリスティアーネ？

実のところ、私は誤っていた。私の想像は過去に感じ、体得したものに頼るだけのものだった。確かにそんなことではなかった。私がまさに彼女の中に入ろうとしたその時、ついに私は理解した。私が体得したのは完全な……私は言葉にできなかった。理解しただけ、悟っただけに過ぎない。言わばそれは一種の自由だったのだろう。肉体と精神が一緒になって解放される美妙なる境地を、誰が言葉で表すことができよう。そうだ、二つが、これは二つが一つになると同時に、ともに達する、ともに獲得する感覚であり、すべての美妙さがその瞬間、完全な形でこの世に降臨するのだ。

これこそが真の愛なのであろう。

「ヴォルフガング、私たち……私たちはどこにいるの？……」彼女はぼそぼそといくつかの言葉をつぶやいた。

「クリスティアーネ、お前はここにいる。私もだ。私たちはここにいるのだよ」

「でも……どこにいるのか本当にわからないのよ」

「大丈夫だよ。私がここにいると言っているのだから、私たちはここにいるんだ。わかるね？」

私たちは向き合い、再び抱き合った。彼女の顔の片側は私の肩の上におかれた。私の話を聞くと、彼女はわずかに頷いた。

おお、クリスティアーネ、お前、私、そして私たちがたった今やり遂げたこと、これらすべてがこんなにも美しい、まるで美の魂のように美しい……

まるで美の魂のように美しい。

美の魂。それがどれほどの美しさなのか、お前にわかるかい、クリスティアーネ？

いや、いや、そんな風に問うてはいけない。問うていいはずがない。なぜならば、私自身にさえわからないのだから。

ただかつてそんな美を感じたことがあるのを知っているだけだ。それはテューリンゲンの森にある小高い丘の上だった。その時、私はまだ三十一歳だった。そう、七年前だ。

九月、秋色はすでに濃かった。偶然その山の頂――イルメナウの南にあるキッケルハーン山の頂を通りかかった。黄昏の時分で、夕陽が大地を鮮やかな赤に染め上げていた。おお、この世に真に美というものがあるとしたら、この瞬間のここの景色こそがまさしくそれであろう。

そこの猟師小屋の木の壁に、私は即興で一篇の小詩を書き上げた。それも鉛筆で。

すべての峯に
憩いあり。
梢を吹きし

そよ風も
吹き絶え跡を残さず。
森には鳥の歌もやみぬ。
待て、やがて
汝もまた憩わん。

片山敏彦訳『ゲーテ全集　第一巻』改造社（一九二六）

あるいは秋の黄昏のせいか、夜の訪れはあまりに早く、ほとんど大急ぎで日が落ち、夕焼けは瞬く間に色褪せて、闇夜がこの美しい天地を己がものにしようとしていた。ゆえにこの小詩に「憩い」を詠み込んだのだ。すべての峰やそよ風、そして休むことなく歌う小鳥も、この時にはすべて黙り込み静けさの中に帰したのだ。

けれども、首を長くして山頂に立つ旅人は、一心に下山することを願っていた。彼が愛する、そして彼を愛しているシュタイン夫人の両腕の中に駆けつけるために……

いや、だめだ。美しい魂と向き合う今この時、お前は「待て」であらねばならぬ。ここでは万物が憩いに入るその時、当然のことながら例外なく「汝もまた憩わん」なのだ……

ああ、クリスティアーネ、我が愛よ。あれは私が若かった時、偶然に感じた美だったが、こうして年月が過ぎた今、私はまた再びそれを感じている。

しかし、さっき私は思い出した。あの山頂で一心に会いに行きたいと思った相手は、シュタイン夫人だったのだ。私は今でも彼女が与えてくれた愉悦を思い出す。そしてあの知識と知恵を。だが、クリスティアーネ、かつてこんなにも愛し愛された人は、お前と私の愛を理解せず責める。クリスティアーネ、これのどこがかつてあんなにも愛し合った人だというのだ？

そうだ。私はすでに決めた。今後、彼女とは二度と付き合うまい。——手紙を一通書いて、絶交すると伝えよう。

そうすれば、クリスティアーネ、お前と私の愛はさらに強く、さらに長く、永遠のものになるのだよ。

＊

翌年（一七八九年）、四十歳にして息子が誕生し、アウグストと名付けた。

私は決心した。クリスティアーネを娶り妻にする——この決心は十八年後、私が五十七歳の時にやっと実現した。なぜそんなに延びたかというと、私たちはすでに間違いなく夫婦で、そこに世俗的な手続きを加えようとは思わなかったからだ——と。とにかく、そういうことだ。そしてこの年はまさに『ファウスト　第一部』が完成した年であった。

さらに十年が過ぎ、私はすでに六十と七歳になった。クリスティアーネは不幸にも病を得て亡くなった。

それから、私が八十一歳になったその年、我が息子アウグストもまたローマの旅の途中、病で死んだ。

……………

Ⅳ　十三歳の探険

それは動乱の時代だった。

――私がいるこの時代をどう説明したらいいのか、私にもわからない。どういう動乱なのかというと…………ああ、私には私が属するこの国が、いったいどういう国なのかさえわからない。

「神聖ローマ帝国」。これはまあ国家といえるだろう。この国名だけを見ても、荘厳で素晴らしい感じがするじゃないか。実際は？　私たちのこの国は、少なくとも三百以上の独立国を含んでおり――当然のことながら、それぞれ一つ一つが国であり、領土と領民があって、上には大きな権力を握る「主宰」が存在している。こう言うのもお恥ずかしいが、このいわゆる「主宰」をどう呼べばいいか私にもわからない。彼らの中には王もいるし、選帝侯、そして名称の異なる「封建領主」がおり、さらに聖職にある「司教」もちっぽけな所領を有していた。そうだ。幾百もの国家の主宰――もしかしたら「君主」という呼称の方がまだしっくりくるかもしれない。なぜならば彼らは世襲で、自らの家臣と領民に対して絶対の権力を有する専制君主だからである。

言葉にすると少々奇妙だが、こうした数百の小国を統合した神聖ローマ帝国には首府があり、それがフランクフルト市である。もちろん大都市と言えるし、このフランクフルトはまさに私が生まれ育った故郷で、誇るべき偉大な都市である。そして言うまでもなく、この偉大なる大都市を含めた神聖ローマ帝国もまた私が誇ってやまぬ国家である。

ドイツ。これは古くからある国名である。しかし古代ローマ人はそれを Germania と呼び、そのため、一部の外国人、たとえばイギリス人は我々のこの国をGermanyと呼んだ。

　アルプスの北側に広がるゲルマニアは、ローマの史家に「森林の地」と形容された。アルプス南側の土地とは大きく異なり、鬱蒼とした森林地帯で、冬は寒くて長く、生活条件は過酷であった。このような所に位置するゲルマン人は自然と質実剛健な心身と勤勉で我慢強い性質を養い、これはまたゲルマン人に共通する性格となった。

　もちろんこうした森林の一部はすでに数百年、あるいは千年に渡り、我らが勤勉な先祖たちの刻苦奮闘の精神によって少し、また少しと開墾され、私が物心ついた頃には数多の耕作地となっていただけでなく、今では美しい都市もいたるところに見られるようになった。中でも私の故郷は比較的早くから開発され、徐々に成長して今日の美しい都市となったのである。


　言うまでもなく、この数百年間、代々の神聖ローマ帝国皇帝はこの地で戴冠式を行った。高々とそびえ立つ荘厳な礼拝堂に特定の名があるのかどうか知らないが、私たちはそれを「大聖堂」と呼んでいる。我らがフランクフルト、これほど大きな都市ゆえに大小の教会堂は数えきれないほどあるが、「大聖堂」と呼ぶのはただここのみで、大聖堂の三文字はいつの間にかその通名となった。そう、間違いなくこの国の皇帝は代々この大聖堂で戴冠式を行ってきたのだ。

　思えば何と幸運であったことか。私はまだ少年であった十五歳という年で、先の戴冠式を目にすることができた。彼こそ尊敬すべき神聖ローマ帝国皇帝ヨーゼフ二世であった。人生でこれほどの盛典を目にすることはそうそうないと、年配の人々が楽しげに語っていたことをあなたも知っているであろう。

　おお、私はこの日のために内心雀躍としていた――

――が、戴冠式なんかのためにではない。あんなしち面倒くさい式典など、私にはどうでもいい。私が密かに楽しみに、心待ちにしていたのは、この日愛するグレートヒェンと会えることであった。――彼女は二階にある私の勉強部屋まで会いに来ると約束してくれていた。

実はグレートヒェンと会うこと自体はすでに数えきれないほどあった。二人だけで会うこともすでに数回あったほどだ。しかしそれはすべて階下で、母親の部屋か妹のコルネーリアの部屋でのことだった。もちろん、その多くは母親や妹がその場にいた。一緒に裏の花壇や草の上でふざけ合ったこともあった。

「グレートヒェン、二階にある僕の部屋に来てほしいんだけれど……」

いったい幾度こんなふうに彼女を誘ったのか覚えていないほどだ。グレートヒェン、この美しくてたまらないのに、素朴な女の子は、あまりにも早くいささかの「遠慮」をしていて、私の誘いにうんと言わなかった。けれども、四日ほど前に、私はまた彼女に提案した。――もちろん、私にはそれまでとは違う考えがあった。私はこう言った。

「グレートヒェン、君は二階の僕の部屋に来るべきだよ。僕の本と標本を見てごらん。特にあの昆虫のをさ」

本と昆虫が彼女の好奇心に火をつけたのは確かだった。彼女はこれまでのように、すぐに首を横に振ったり、頭をかしげて考える様子を見せてから首を横に振るのではなく、目を見開いた。おお、見ろ、彼女の見開いた目は、小川の畔にひっそりと咲いたストックの花のようではないか。

「美しい昆虫がたくさんあるよ」

私はこの機会を逃すまじと付け加えた。

「本当に？　たくさんあるの？」彼女は答えた。

「本のこと？　それとも昆虫？」私は乞うように

言った。「知っているだろう？　本もたくさんあるよ。本でいっぱいの書棚がある部屋が何部屋もある。とっくに知っているだろう？　そうじゃない？」

「じゃあ、昆虫は？」

「だいたい五十種ちょっと。多くはない」

「五十種ちょっと？……」

彼女がこう繰り返した時、内心この数字を多いと思ったのか少ないと思ったのか、私には見当もつかなかった。それはここ半年ぐらいで採集したもので、私自身はこの数字はあまりにもわびしくて、少なくとも誰かに、とりわけグレートヒェンに自慢できるものではないと思っていた。

「ヴォルフガング……本当に見せてもらっていいの？　あなたの昆虫を？」

「もちろんだよ。大歓迎さ」私は胸がドキドキし始めた。

「いつ？」


「いつでも。今すぐでもいいよ」

「だめよ。もう家に帰る時間だもの。今度ね」

「明日？　明後日？」私は待ちきれなくなってしまった。

「そうね。ここしばらくは時間がないわ。そうね……戴冠式の日ね」

「わあ、いいね。じゃあ、あと四日、月曜日だね」

「そう。じゃあ、次の月曜日の午後にね」

「約束だよ」

私は握手をしようと手を伸ばしたが、彼女はくるりと背を向けてさっさと行ってしまった。おお、グレートヒェン、君はまるで一片の雲のように、いいや、まるでストックの花の化身のように、ふわふわと通りの向こうの家に帰ってしまった。

*

それは二年前のことだった。いつからか忘れたが、通りの向かいの家に住む女の子が妹のコルネーリアの友達となり、二人はしばしば一緒に遊び、時には一緒に二階に上がった——が、それは父に禁止されていたことだった。二階にあるいくつもの部屋はみな父の書庫で、ふだんから誰かが気安く入ることを禁止していた。いわんや子どもをやだ。妹とグレートヒェンがどれほど静かでおとなしくても、例外ではなかった。

そのため、彼女たちが二階に上がるのは、必ず父が外出したのを見計らってからで、二人はこっそり上がっていた。

その頃から、どうしてかわからないが、十三歳になったばかりの私は知らず知らずグレートヒェンの姿を見るのを切望するようになった。私は父の命令で、毎日決められた分の勉強をしていた。そのほかにも決められた時間に先生が教えに来てくれていた。しかし私はついついグレートヒェンの姿を目の前に

浮かべていた。当然のことながら、こうなると本の中の文字はもはや目の中には入らなくなってしまうのだ。

まさにそんな日の午後だった。父は外出し、教師は来たが勉強が終わってすでに帰った。要するにそれは完全に自由な時間だったのだ。意外にも、ちょうど私の思いがグレートヒェンに向かい始めた時、彼女とコルネーリアが静かに私の部屋の前に現れた。

「しーっ……」

コルネーリアが右手の人差し指を唇に当てて、グレートヒェンに声を出さぬように示したに違いない。しかし、部屋の中の私はとっくに気づいていた。彼女たちが部屋の前に着いたのを見計らって、私はふいにドアを開けた。

「わっ……」

「いやあ……」

二人同時に驚きの声を上げた。彼女たちが逃げよ

うとしたその時、私は人差指を立てて「しーっ……」と言った。

「おいで……」

私は声をひそめ、中に入るよう手で促した。

二人は互いに顔を見合わせると、今度は私を見た。彼女たちは疑わしそうだったが、私の大丈夫だという――どこか乞うているような――目を見ると、また互いを見て頷き、口元にうっすらと笑みを浮かべた。

そこで、彼女たちはコルネーリアを先頭に中に入って来た。わあ、二人は手をつないでいるじゃないか。

彼女たちは私の机の前に並んで立つと、机の上を見、さらに顔を近づけて机の上に開きっぱなしにしていた本をしげしげと眺めた。コルネーリアは頭を振り、グレートヒェンも頭を振った。そして、また一列になって進み、ずらりと並ぶ書棚の前でその中

身を見回した。

それは父の――あるいは少なからずは祖父の本だった。つまり、この時の私にとって、それらは近くにあるのにも拘らず、遥か遠いものであった。そして、もしかしたらいつの日か、それらに親しむことがあるかもしれないし、その中に浸ることになるかもしれないが、今はただきれいに整列した長細い塊でしかなかった。私にとって何の意味もなく、それが何の本なのか、書名は何なのかなど、一切興味がなかった。

行かせればいい。私はそう思い、机の前にある椅子にかけた。本に戻ろう。私はゆっくりと視線をページに戻そうとした。が、できなかった。まったくひと文字も目に入らないほどだった。たまらずにほんの少し後悔しそうになった。しかし、その日に彼女たちの姿が映った時、とりわけ彼女たちが踵を返してこちらにやって来ることに気づいた時、おかし

なことにその悩みはすぐ喜びに変わった。

——おかしなもんだ。……どうしてこんなにころころ気分が変わるのか自分でもわからなかった。

私は言葉にはしなかった。けれども目の鋭い妹は気づいた。もしかしたら、自分でも気づかぬうちに唇が動いたのかもしれないが。

「お兄さま、何かおっしゃった?」

「別に」私は内心うろたえた。

「おっしゃったわよ。……ははん、私とグレートヒェンが邪魔なのね」

「そんなこと……」

「きっとそうだわ。お兄さま、ごめんなさい」

私は本当に彼女たちに行ってほしくなかった。そこで慌てて妹を呼びとめた。

「コルネーリア、ちっとも邪魔なんかじゃないよ。本当さ」

「……」二人はまた顔を見合わせた。だが、とにかく足は止めてくれた。

「おいで、コルネーリア、まだ行かなくたっていいよ」

妹はやって来た。もちろんグレートヒェンもついて来た。

今や、二人は私に寄って来た。コルネーリアはさらに体を私の足にぶつけ、私の見ているページを覗こうと頭を伸ばした。

「お兄さま、お勉強、がんばっていらっしゃるのね」

「仕方ないさ。お父さまのせいさ。お前たち女の子は楽なもんだ」

「でも、私には全然わからないわ」

彼女の頭がもっと近づいた。

私が体をどかすと、彼女はそのまま私と机との間にできた隙間に入り込んだ。彼女の上半身は私を完全に遮り、ほとんど私の懐に入り込むような形であった。

私は彼女の匂いを感じた。それがどんな匂いだったか言えないが、いやじゃなかった。ただ、嬉しいものではなかった。あれは髪の匂いだったのか。それとも体の？　私にはわからなかった。それはけっして知らない匂いではなかった。でもそれまでこんなに真剣に嗅いだことがなかったのだ。私はただ、それは妹のコルネーリアの匂いだと思っただけだった。

「本当にどれも知らない単語ばかり。グレートヒェン、見てごらんなさいよ」

実はグレートヒェンも見てはいた。今、コルネーリアにそう言われて、さらに頭をかしげて見ようとした。

「わかる？」グレートヒェンはそう問うと、すぐに体をずらし、自分の位置を譲った。

「私にもわからないわ……」グレートヒェンの声

はか細く、ほとんど聞き取れないほどだった。しかし、私には聞こえた。あんなにか細いのに、なんとも言えず澄んでいた。

私は腰と両膝を縮こめた。私が望み、それでいて望みがたいことが起きてしまった。彼女はなんと頭を机の上の方に伸ばし、少しずつ体をずらして私の前に入り込んだのだ。ああ、まさに私の懐の中だ。

今度こそ、私はさっきと違う匂いを嗅いだ。なんと、それは本当になじみのない匂いで、私はただそれがいい香りだったとしか言えないが、それは私の鼻腔に入り、胸に、いや、私の全身に入り込んだ。

「コルネーリア！」

遠くから母が呼んでいるのが聞こえた。母はすでに階段の下に来ているようだった。

「お母さま」コルネーリアは応えた。

「コルネーリア、ちょっと下りてきなさい」

コルネーリアは私を見て、またグレートヒェンを見た。グレートヒェンは体を動かした。明らかに出て行こうとしているのだ。しかし私はどうしてだか知らないが、思わず彼女を両足で挟み込んでしまった。

「コルネーリア……」母はまた呼んだ。

「はい、ただいま」

コルネーリアは私とグレートヒェンを見ると、あるかないかぐらいに頭を下げ、ドアの方に行ってしまった。

彼女の無言の意思表示は何を表しているのだろう。グレートヒェンも一緒に下に行こうという意味なのか。それとも彼女は残れという意味なのだろうか。

グレートヒェンはわずかに身を動かしたが、私はまた力を込めて彼女を挟み込んだ。彼女は諦めたかのように、私の懐の中で足に挟まれるに任せた。

なんと！　私の胸はとうに早鐘を打ちはじめた。

自分でもどうしてそうなったのかわからないほどだった。きっと彼女は私が力を使ってわざと自分を行かせないのだと感じただろう。その瞬間、私は足の力を抜きそうになったが、私の両手は勝手に彼女の腰をかき抱いた。きつく抱きしめたのだ。

彼女はわずかにもがいたが、すぐに静まった。そして私に全身で抱きしめられるに任せた。

心臓はさらに激しく、さらに狂ったように鼓動を打った。

私は両手と両足を緩めた。私はなんとか自分に言い聞かせた。もし彼女がさらにもがいたら、私はもっと力を込めて彼女を抱いて、一歩も行かせやしない、と。俯き、彼女の髪の中に顔を埋めた。彼女のそのなんとも言えない香りが私の顔を、いや全身を呑み込んだ。

ああ……なんと……、私は何をしているのか……

それは私ではない……絶対に……

私の手は勝手に動き……彼女のスカートの中に伸

び、ゆっくり上に向かって這っていった。そして彼女の腹に触れ、今度は下に向かった。やがて手は下着の中にもぐり込み、ゆっくりと下に這っていく。私にははっきりと感じられた。彼女のわずかなふくらみは私の手にすっぽりと覆われ、中指が裂け目のような部分に触れた。そのすべてが明らかに温かく、とりわけ中指が触れたのが最も温かく柔らかいところだった。それに温かく潤んでいる。中指の先ははっきりとその温かい潤みと滑らかさを感じた。私の中指はまた勝手にその温かく潤んでいるところをわずかに押した。私は思った。もし私がもう少しだけ力を込めたら、中指が沈んでいくだけでなく、私の体全部が沈んでいくかもしれない……と。

何か知らぬ力が働き、私の手は探索をやめた。反対に私の手は引き戻され、目の前にあった。中指の腹が鼻先に来て、嗅いでみるとさっき嗅いだ香りとはまったく異なる匂いがした。

私は思わず深く息を吸い、匂いを嗅いで、自らを忘我の中に陥らせた。そしてこの時、グレートヒェンは私の胸を離れて静かに去って行ったが、私はまるで気づかなかった……

＊

一七六四年の春、神聖ローマ帝国皇帝ヨーゼフ二世の戴冠式の日であった。

フランクフルトにおいてこれは特別な日で、いや、全ドイツにおいて特別な日であり、全国民が狂喜乱舞した日であった。

私にとってもこの日は特別な日であった。――いや、はっきり認めなければならない。この日が私にとって特別な日になるかどうかは、おそらく神だけがご存知のことであっただろう。しかし、これは私が心の底から楽しみにしていた日であり、切に待ち望んでいた日であったことは疑いようがない。

まさに私が予想した通り、戴冠式のために両親は出かけてしまった。妹のコルネーリアさえ父に頼みこんで連れて行ってもらった。彼ら三人には大聖堂によい席が設けられており、もし私が行ったとしても当然同じような席を得ていたことだろう。けれども私は勉強があるから行かない、行きたくないと早くから言っていた。両親はいいとも悪いとも言わなかった。——もちろん、それはどうということない。彼らは私が勉強熱心な生徒であることを知っていたし、私がああいった場面が苦手なこともよく知っていた。しかし、妹は出がけに突然振り返って、しかめ顔をして見せた。

コルネーリアの様子を見て、私はわずかにたじろいだ。彼女は何か秘密を知っているのか。コルネーリアとグレートヒェンは何年もの間、片時も離れぬほど一緒にいたが、ここ二、三カ月ばかりはそれほどべったり一緒にはいなかった。それも不思議ではない。春以来、コルネーリアが勉強することも増え、以前ほど自由ではなくなったのだ。そればかりでなく、グレートヒェンの生活にも私の知らぬ変化が起きていたようだった。私が知っているのは、数年前に父親が病気で亡くなってから、彼女は母親の針仕事を手伝わねばならなくなったということだけだった。そして今では彼女ももはや子どもとはいえなくなり、家計を支える責任をさらに担うようになったのは当然の道理であろう。おそらくはそれがコルネーリアとあまり遊べなくなった理由である

——私は自分が卑しい、下劣な人間だったのかどうか本当にわからない。なぜならば、私はグレートヒェンのことを思い続けていたからだ。……いや、違う。正直に言おう。私は右手に残された、彼女のあの温かく柔らかい感覚が忘れられなかったのだ。とりわけ、中指のあの匂いを。おお、あれはけっしていい香りというものではない。けれども私の記憶

の中のそれは芳しいのだ。あのような香りは疑うべくもなく、すべての花の香りを含めたいかなる香りより、ずっと芳しく人を酔わせるのだ。長い間、私はあの香りの虜になったように、右手の中指を鼻にあて、何度も何度もその匂いを嗅いだ。あの香りはとっくに消えているとわかっていながら、やはりそうした。いや、私の感覚では、あの香りはずっと消えることはなかったのだ。こんなことから、私のグレートヒェンに対する気持ちがどれほど深いものだったかわかるだろう。

私がこれほどまでに彼女の来訪を待ち望んでいたからこそ、時間が経つのはことのほか遅く、私はどうやってひと朝乗り切ったらよいかわからず、昼飯さえ喉を通らないほどだった。そして、ああ、ついに待ち望んでいた時がやってきた。

グレートヒェン！

私は心の中でこう叫んだ。一度、また一度……

「ヴォルフガング……」

変わらぬ清らかで優しげな声。おお、彼女だ。彼女がやって来たのだ。しかし、私はやはりなぜか我慢していた。彼女が私の部屋の前まで来てから動こうと待っていたのだ。自ら迎えに行くことなく。私は奇妙にも我慢した。ドアを開けるために飛んで行ってしまいそうになる自分を、力いっぱい抑え込んだ。

「ヴォルフガング……」

確かに部屋の前に着いた。

「グレートヒェン？」

極力抑えたために、私の声はほとんど掠れていた。

「私よ」

「どうぞ、入って」

私はまだ立ち上がらなかった。すると彼女は静かにドアを開き、また静かに私のそばに歩み寄った。

思いがけず目と目が合った。

「グレートヒェン、きみ……」

ああ、言えない。「きみは美しい……」このひとことは呑み込まれてしまった。その実、心の中では彼女への賛美と傾慕の気持ちを伝えたくてたまらなかったのに。

彼女は私の机のところまで来て、開いている本のページを見たが、ひと言も発さなかった。私はものが言えない人間になってしまったのだ。

私の頭はガンガン響き、心臓は今にも飛び出しそうだった。緊張と心細さから、体をずらし足を縮めた。そこで私と机の間にはやや距離ができた。ああ、どうしてそうなったのか私にもわからない。しかしこれが彼女を突き動かしたかのように、彼女はこちらに寄って来た。私がさらに少しばかりどいた。少しどいた気になっただけで、おそらく実際はちっとも動いていなかったのだろう。しかし彼女は自然に私と机の間に入り込んだ。


なんと！　なんと！

私は心の中で叫んだが、毫ほどの声も出せなかった。しかし、私とグレートヒェンは完全に二年前のあの状態を再現していた。――彼女は私の懐にいて、彼女の髪が私の鼻先をくすぐり、髪と体の香りが私の体すべてを包み込んでいたのだ。

「グレートヒェン……」

私はやはり救いようがないほどしゃがれ声だった。

ふと、鼻先にある彼女の髪が私の顔をすっぽり覆っていることに気づいた。――彼女だ。彼女がわずかに頭を後ろに預けたのだ。その瞬間、私もそれに触発されたかのように、腕を伸ばして彼女の腰のあたりを掻き抱き、両手が繋がったその時、力いっぱい彼女を抱きしめた。

「ふう……」

私にははっきり聞こえた。抱きしめられた彼女は、深く息を吐き、同時にその上半身をわずかに私の胸に寄せたのだ。こうして彼女は私の懐にすっぽりと入り込んだ。

轟然たる響きの中で、私はほとんど自分を見失っていた。私はただ……ううん、心細いまま誰にも頼らず行動をするだけだった。私の右手は蠢き始め、彼女のスカートの下から上へと進み、滑らかな腹、下着……おお、すべてが二年前と同じだ……

違う！

私はほとんど叫び出しそうだった。当然のように歴史はくり返されると思ったのに、実際はそうではなかったからだ。

なんと！　なんと！

私の指、手のひらは不思議なものに触れた。それは私の手に二度、三度と撫で回させた。おお、私は本当に叫ぶところだった。しかし、なんとか自制した。私はやっとその理由がわかった。それは……そう、なんと、陰毛であったのだ。あんなにも柔らかく、ふわふわとして、細い、ほとんど感じられないほどで、もちろんそれまでの記憶にないものであった。

私の手は私の驚きなどには目もくれず、どんどん進んでいった。あの懐かしいかすかなふくらみ。丸く、滑らかで、一瞬にして記憶が蘇った。中指があの裂け目に触れると、その先には柔らかな小さい突起がある。また次の瞬間、中指はすでにあの果てなく柔らかい潤みに到達していた。おお、もはや溢れ返った潤みよ。その瞬間、あの懐かしい、二年ぶりの、けれど永遠に忘れられないあの香りが鼻腔に湧き上がった。

轟然たる響きは、まるで天と地がひっくり返る中に陥ったかのように私を震えさせた。そう、あの止むことのない眩暈が私を包み込んだ。私はただ中指を溢れ返らんばかりに濡れそぼつところから引き戻し、鼻先に集めて思いっきり匂いを嗅ぎ、その中に陶酔したかったのだ。

「ヴォルフガング……」

「うん？」

彼女の清らかで優しい声のおかげで、私は少し頭がはっきりした。その時、思いがけず彼女は動き回る私の手を引っ張り、同時にくるりとこちらを向いた。彼女の顔が私の目の前にあるのだと、その瞬間やっと気づいた。その時、彼女の顔が私の顔を覆った。同時に私の唇は彼女の口に吸い込まれた。

口づけ！　これは口づけだ。彼女が私に口づけしたのだ。深く、熱く、甘い口づけ。……それでいて、力強く、情深い、果てなく純真で果てなく柔らかい口づけだった。

私は依然として恍惚の中にいた。あの深い口づけがさらに私をぼんやりさせたのだ。突然、彼女の両手が私の腰の辺りで何かしたかと思うと、私のズボンがするっと下に落ちた。心細く、慌てふためき、何とかズボンを引っ張り上げようとしたその時、彼女はすでに私の両腿を跨ぐように立っていた。そして、彼女はすでにおかしなほど屹立していたもう一つの私を手に取ると、腰を沈めた。私はそう、呑み込まれ……吸い込まれたのだった。

V　処女ケートヒェン

「小詩二篇」

その一　母へ

たとえ私が送った知らせや手紙が、かくもかくも長き時間を経て、それでもまだあなたの元に届かないとしても、あなたから受けた愛が私の心から離れてしまったなどとゆめゆめ疑ってくださるな。

いや、いや、いや、それはちょうど深い深い流れの水底に沈み、永遠に動くことない巌のように、あなたを愛する心は私の胸から永遠に消えることはないのだから。

その二　故郷の友へ

我が悦びの一つは
すべての人からはるか遠く離れ
小川の畔の木立のかたわらに寝ころび
我が親愛なる人々を思うこと

私は十六歳になった。

法律を学ぶため、小パリと称される文化の都ライプツィヒにやって来た。

私はライプツィヒ大学の法学部に入り、学問と人生を探るもう一つの生活を始めたのである。

ここは、我が故郷から数百マイルも離れていた。

——少なくとも二百数十マイルはあっただろう。私にとって、生まれて初めての遠出であったが、この小さな都市に一歩足を踏み入れたその時、私はもうここが好きになっていた。

見よ、あの到るところに濃い影を落としている菩提樹を。あの鮮やかな緑、きらきらする緑を一目見て、誰が好きにならずにいられようか。それらは確かに、そしてまさに人々のいうところの「愛の樹」なのだ。なぜならばそれらは人々に無言でささやき、人々に憩いを与えているのだ。とりわけこの寒くて乾燥した地に夏の微風が吹き始めた頃、それは真っ白な花を咲かせ、甘い香りをもたらし、人々をうっとり酔わせるだけでなく、大量のミツバチを引きよせて、花蜜を集めさせ蜂蜜を作らせ、言葉では言い表せない美味しさと穏やかさを供するのである。

そして私が入学したライプツィヒ大学は、ドイツ有数の伝統ある大学の一つで、創立は一四〇九年と、指を折って数えずともすでに三五〇余年の歴史があることがわかる、掛け値なしの名門校である。その中に身を置けば、人生をより豊かにし、精神をより高め、より静穏でいることができよう。それらこそがまさに私が心から期待していることなのである。

ここへ来て半年ばかりの光景で、このキャンパスに溢れる学問的、芸術的、思索的、そして真摯な雰囲気を感じた。そしてそれらすべてが開放的で、自由で、奔放——教師と学生、そして学生同士で——なのだ。おお、私はこうした環境にこっそりと欣喜雀躍した。これまで長年にわたって父の厳しい言い付けと家庭教師の督促があったものの、実際その大部分の時間は、自分一人で模索し、苦しんでいたわけで、それと比べればなんという違いだろうか。

私たちのこの小さなグループというのは、——いや、グループとさえ言えない、ただ偶然一つ所に集まった同級生と仲間で、時に五、六人、多い時でさらに三、四人加わる。好きな時に入れ、好きな時に出て行けるし、時間も場所も定まっていない。顔を合わせたら興が尽きるまで談論風発、甲論乙駁が続くのだ。

その中で、私はあり得るべき進化と変化を見た。私たちの人数は次第に固定する方向に向かい、十人、最も多い時で十一、二人となり、時間と場所も固定されるようになり、みな自然に集まって、みなが意見を交わすことができるテーマを誰かが提出する。そして、テーマを提示する者も自然とみなが順繰りになるようになっていったのだ。もし、私の身のほど知らずの予測を許していただけるなら、私たちの中からいつか必ず何人か芸術、あるいは法学において傑出する人物が出るであろう。

いったいどれほどの日々が流れたか思い出せないが、私はこのグループとは言えないグループの中に、一人の女性がいるのに気づいた。私たちは互いの名

を知っているとは限らず、その来歴などなおさら知らないが、それと同じように彼女が何者なのか、この大学で学んでいるのかどうか、何を学んでいるのか、誰も知らず、誰も知ろうとしなかった。それどころか誰も気にさえかけず、意識しなかった。彼女も大半は黙ってみんなの闊達な議論を聞いているだけで、ほとんど言葉を放つことはなかった。いつも彼女の存在はほとんどゼロに等しかった。

実はそれは表面上のことにすぎない。私たちの胸の中に果たして彼女があったのかどうか私には知るよしもないからだ。けれども正直に言えば、私はとても気になっていた。それどころか初めて現れた時から彼女は私の印象あるいは気持ちの中に、しかるべき位置を占めてしまったのだ。

それには当然理由がある。まず彼女は女性である。大学において一般的に女性の姿は非常に珍しい。次に、彼女はかつて私の心に焼き付いたもう一人の女

性、かつてその美貌が私を堪らなくさせ、そしてまた私が初めての口づけ、初めての探険、初めて禁断の実を味わった相手、つまりあのグレートヒェンによく似ていたからである。

私は彼女たちがどう似ていたのか言葉にすることはできない。もしかしたら、ただそんな気がするだけなのかもしれない。あるいは私の記憶の中ですでにぼやけ始めたグレートヒェンが突然目の前に現れた感じがしたからなのかもしれない。……おお、そうだ。まるでグレートヒェンが十五歳から一気に三年の月日を飛び越えて十八歳の少女になったようなのだ。

確かに、私は見た目から——もちろん、三、四度会ってからは、彼女に対してややはっきりとした印象を持った。この印象から、少なくとも彼女は私より二つほど年上であろうと認めたのである。あるいは三歳年上なのかもしれないが。本当に私は彼女が大人っぽいと感じたし、女の子は男の子より早熟であるとの一般的な見解に基づけば、彼女は確かに十六歳の私よりずっと大人であった。

もし具体的な事実を挙げて私の人を見る目は確かだと証明するなら、過去の例でも、他人の年齢を当てるのに十のうち九は的中していた。そして彼女はその体つき、ぼんやりとわかる豊かな尻や胸は言うに及ばず、体から発せられるある種名状し難い雰囲気や匂い、佇まい、はては一挙手一投足まで、すべてがある種の成熟を感じさせた。それどころかグレートヒェンが与えてくれた、忘れられないあの手触りが突然私の手のひらに戻ってきたようだった。まるで私の手が今まさに彼女の体を探索し、模索しているかのように。

——これだけ話して、突然疑いが芽生えた。私はすでに彼女というまだよく知らない娘に対して、非望を抱いてしまったのか。もしそうだとしたら、仲間うちで私は飛びぬけて好色の徒なのであろうか。

この思いつきは私を驚かせた。彼らの中で、この時の私ほど彼女のことを思い、彼女のことをあれこれ論じ、はては想像の中で彼女の肉体の豊満さを覗き見たような者は、実に誰一人として見いだせなかったからである。

＊

ある日、思いがけないことが起きた。

いつものように、私たちは午後の講義の後、期せずして集まった。そして彼女もまた私たちの中にいた。私はなんとなく彼女の登場が、みなに不快さをもたらしているようだと感じた。それもそうだ。彼女が何者なのか知る者は未だにいなかったのだ。ただそれだけならどうということはないが、彼女はこれまで口を開いたことがなく、そのためみなの中で自然と仲間はずれにされているような雰囲気が生まれていたのである。これは楽観しがたい状況であった。最も可能性がある成りゆきは、彼女を無視して、いつものように甲論乙駁の語り合いを展開するか、そうでなければ、みな黙ったままてんでに行ってしまうかであろう。そして私にはおそらく後者の局面となるように感じられた。すなわちしばらくすると誰かが立ち去り、その後一人、また一人と去って行くのである。そしてそんな想像が、私を焦らせるのであった。

おそらく、この重苦しい雰囲気を感じ取ったのであろう。ある者がその気まずさを打ち破るように発言した。しかもそれは思いがけない話であり、話した人はなんと彼女であった。

「ヴォルフガング、あなたの一昨日のあの詩のこと、みんなが話しているわ」

最初に驚いたのは私であった。だが、私は気づくことができた。みんなも同時に驚き、愕然としたことに。いくつかの疑問が驚きの中からちらちら生じた。君はどうして私を知っているのか。君は何者なのか。どうして私の詩がみなに話されていると知ったのか。誰が話しているのか。まず、あの詩というのはどの詩なのか……

口を開けられなかったのは私だけでなく、みなも押し黙ったままだった。

「ここわが窓に、
ブドウだなにそいて、はいのぼる葉よ、
いやましに濃く緑せよ!」

彼女はこうして滞った空気の中、朗々とした明るい声で詩を詠んだ。

おお、私はまた驚いた。それは私の「秋思」だったのだ。ちょうど数日前に完成したばかりの小詩だ。みんなは依然として押し黙っている。

「双生の実よ、隙間もなく盛り上がれ、
いやましに早く熟し、
豊かにかがやけ!
母なる太陽の沈み行く日ざし、
なんじらをはぐくみ、
実りの力に満てるやさしき空、
なんじらをめぐりてそよぎ、
月は親しげに魅力ある息吹きもて
なんじらに涼気を送る。
ああ、されど
永遠に命よみがえらす愛の涙、
この目よりあふれ落ちて、
なんじらをうるおす。」

高橋健二訳『ゲーテ詩集』創元社(一九五一年)

おお、なんと彼女は全篇ひと文字漏らさず諳んじた。

依然として沈黙が続く。

その時、彼女はまたしみじみ言った。

「なんて美しい詩なんでしょう……」

私はかつてない不思議な思いの中に投げ込まれ、懸命に考えた。私は拍手するべきではないのか。ありがとうと言うべきか。ああ、その前に彼女が何者なのか、名は何というのか聞いておくべきだぞ。けれど、私はそうしなかった。轟然とする頭の中にまたある考えが湧き上がった。私の詩だ。間違いない。私が作ったものなのに、こんなにしっかりと諳んじる人がいるなんて。私はそれが本当のこととは信じられなかった。しかし事実は目の前にあるのだ。

「ヴォルフガング、私、間違えていないわよね?」

彼女はそう言って、二つの目で私の目を見つめた。まばたきもせずに。私も彼女を見つめた。だが彼女に見つめ勝つことなどできないとすぐ気づき、なんとか自分の視線をそらさずにいた。見つめているうちに、突然何か不思議な力が彼女の目から発せられたように思え、身動きできないところに追い込まれたように感じた。

「間違っていない……」私はただそう答えるしかなかった。しかし自分の声が妙に掠れていることに気づいた。

「たくさんの人が美しい詩だって誉めているわ。……知ってた?」その口調はすでに親しい人同士の穏やかなやり取りのようだった。

けれども私はまだ穏やかではいられなかった。

「そんなことないだろう?」

「本当よ。うそじゃないわ。そのうち友達を連れて来てあなたと話してもらうわ」

「いや、だめだよ」私はほとんど無力感と絶望を覚えた。

「いやなの?」

「絶対にいやだ」

「じゃあ、いいわ。いやならいいのよ。でも、あなたの詩は本当に素晴らしいわ」

「ありがとう……」

彼女はもう何も言わなかった。私も自然と彼女に話しかけなかった。——もとより私には話題が見つけられず、ほどなくして別れ、私はそれでやっとほっとした。私は思わずにはいられなかった。このよく知らぬ娘に、私はどうしてこんなに怯え、こんなに畏縮するのだろうか。この私がどうして意気地なしであろう。私はもっと力強い人間だ。ただ彼女が大人っぽいがゆえ、自分はまだ子どもだと感じてしまったのだ。それに彼女がこんなにも私のことを知っていて、ついこの前作ったばかりの詩さえ諳んじていたためだ。

＊

また幾日か過ぎ、——正直に言おう。私はほとんど一日千秋の思いでこれらの日々を過ごしていた。なぜならば再び彼女に会い、彼女と集い、彼女と語り合うことを切望していたからだ。たとえそれが一言半句であってもかまわなかった。この切実な期待の中、次第に私は彼女に会っても、もう畏縮することはないと感じるようになっていた。逆に本来私が持っていた強さと自信を恢復し、彼女の大人っぽさにいささかの憧れを抱くようにさえなっていた。

そんなある日、授業が終わり、夕陽の中宿舎に戻る歩みを緩めた時、彼女が楽しげに現れた。——彼女は私の後ろからやって来て、すぐに私と並んで歩き出した。

「このところあなたの新作を見かけないけど、どうしたの？」

「どうもしないさ」

「書かないの？」

「書くさ。もちろん書く」

「じゃ、どうして?」

「それは……君みたいな読者があちこちで宣伝するからさ」

「変ね。気に入ってくれる人が多ければ多いほどいいんじゃないの?」

「もっと見たい?」

「当たり前じゃない」

「僕のところに来ないか」

「いいわ」

この時、私たちはすでに部屋の前に来ていた。私はドアを開けて入り、彼女もそれに続いた。

太陽は西に傾き、夕陽の光の中から部屋に入ると、なんだか中が薄暗く感じた。私は机の上に本を置き振り向いた途端、あまりに驚いて蒼ざめた。

「グレートヒェン……」

間違いない。目の前の娘はまさにあの夢にまで見たグレートヒェンなのだ。そして彼女は三年の歳月を経て、突如として豊かな体つき、あでやかな艶めきと溢れる笑顔で私の目の前に現れたのだ。

「グレートヒェン……」

私は再びそう呼ぶと一歩前に出て両手で彼女をつかまえた。グレートヒェンが私に口づけをしたように、私の唇は彼女のまだ笑みが残る唇を咥えるようにふさいだ。おお、まさにあの口づけだ。甘く、柔らかく、芳しく、美しい口づけ。私はもはや私ではなかった。頭の中がガンガンして、私は自分の欲しいまま、狂ったように、無茶苦茶に、夢見心地で行動した。探索するには遅すぎた。腰をかがめて彼女を抱き上げると部屋に向かった。彼女を寝台に置き、たまらずに彼女の下穿きをはぎ取り、猛然と突き刺した。

「うう……」

彼女の声は押さえ込まれ、わずかなうめき声が漏れるだけだった。けれども私にはそれが苦痛なのか何なのか判断するすべもなく、依然として力を込めて突き進み、それからはまるで体ごと爆発したかのようだった。一度、そしてもう一度と激しい音が響き、やがてやっと止んだ。

　ゆっくりと力を抜いて身を緩めると、意識も次第に回復した。私は自分が寝台に横たわっていることに気づき、何気なく右手を少し動かすと、何かにあたった。私はすぐにそれがグレートヒェンだとわかった。彼女もそこに横たわっていたのだ。

　おお、私は何をしたのだ？

　……私はしてはいけないことをしてしまった。……

……私は彼女にあんなことを……

　私は突然目が覚めた。くるりと身を起こすと、彼女もまた同時に身を起こした。スカートを引っ張って自分の体を隠しながら。この時、彼女の腰の下辺りが赤く染まっているのを見た。

　血！　不意に頭の中にこの言葉が浮かんだ。おお、それは血だ。やっと私にも何が起きたのかわかった。ちょうどその時、彼女もそれに気づき、急いで体を動かし寝台から下り、力いっぱい敷布を引っ張った。彼女の動作からその意図するところを知り、私は身を翻して床に下りた。それとほとんど同時に敷布は抜き取られ、彼女の胸の前にしっかりと抱え込まれた。

　彼女は慌てた様子で敷布を抱え込み、何かを探すかのように辺りを見回し、また私を見た。その目には疑いの色が浮かんでいた。

　私には彼女のこうした動作の意味が理解できなかった。私が思ったのは、敷布を汚してしまったということだけだった。寝台から外して週に二回洗濯物を取り替えてくれる洗濯人に渡さなければならない、と。私が彼女に手を伸ばすと、彼女は余計に強く抱き込み、後ろに二歩ばかり下がったが、壁に止められてしまった。

　すると、彼女は何かを見つけたように左に数歩進むと、そこにある浴室の扉を半分開き、半身になって滑り入った。すぐに水の音が聞こえ、やっと彼女が何をしているかわかった。しかし私はそれでもまだ理解していなかった。なぜ自分で洗わなければいけないのか。人には見せられないものだとでもいうのか。

　しばらくしてやっと彼女が出て来た。手には何もなく、彼女が洗った敷布はまだ浴室にあるとわかった。彼女は私に目をやろうともせず、寝台の方に向かいまず下穿きを身につけ、服と髪を整えると、そのままドアに向かった。

「君、……行ってしまうの？」

　彼女はドアのそばで立ち止まった。けれどもこちらを振り返ることはなかった。私は取り乱し、慌てて聞いた。

「何も言ってくれないの？」

　彼女は躊躇し、また行ってしまいそうになった。気が急いて声が上ずった。

「待って……教えてくれ、君が誰なのか」

　答はやはりなかった。私はたまらずたたみかけた。

「名前は、名前は何というの？……どの学科？……どこに住んでいるの？……答えておくれよ」

　彼女は答えないばかりか、足を進めた。

「どうか……」私は乞うた。「名前を教えてくれ、頼むから……君はグレートヒェンじゃないんだろう？……違うだろう？」

「ケートヒェン……」彼女は振り向いてこの言葉だけを残すと、去って行った。

＊

　私はまた前にもまして切実に待ち焦がれ、耐えがたいほどの一日千秋の日々を過ごした。何日だ？

七日？　八日？　あるいはもっと長かったかもしれない。私は彼女がどこにいるのか聞かなかったことを後悔した。あるいはどこに行ったら彼女に会えるのか、と。私は本当に何もできないまま、やきもきと、絶望的にあたりを見回していた。

おお、私のグレートヒェン……いや、違う、ケートヒェンだ。

「ケートヒェン……」

私はこう叫び続けていた。ある時は声に出して、またある時は声には出さずに。彼女の名前は私に慰めを与えた。しかしそれより多くの時、私を急かせ、焦らせ、はてはそれゆえに私は怒り、歯を食いしばった。

この日、私はいつものように講義が終わるとあちこちふらふらと彼女を探したが、失望に終わった。ついに空は暗くなり、宿舎に戻るしかなかった。ところが、なんと思いがけないことに、部屋に入って

疲れた体を寝台に投げ出そうとしたその時、一陣の清風が吹いたかのように彼女が部屋に入って来た。

「グレートヒェン！」私は驚きと喜びが交錯し、たまらず叫んだ。

「しーっ……」彼女はかすかな笑い声を発し、右手の人差し指を唇にあてた。

それは声をひそめろということなのか。それとも声を出すな、と？　私は突然理解した。彼女は私に自分の名を呼んでほしいのだ。私だけが知っているあの名前ではなく。ああ、私は呼び間違えたのだ。

「ケートヒェン……すまなかった。もう呼び間違えたりしないよ。もしまた間違えたら、僕を力いっぱい引っぱたいておくれ」

彼女がやって来た。手を挙げて。でも私を叩くためではなく、両手を伸ばして私を抱きしめるために。そして私たちはきつく抱き合い、そのまま自然と一つになり口づけをした。それはまたしても柔らかく、

温かく、美しく、芳しい口づけだった。

「君のせいで死にたくなるほどだったんだ」

口づけの合間に、私はこう言った。——私たちは息ができなくなるまで口づけをし続けた。

「どうしてこんなにも長い間、会いに来てくれなかったんだい？」

彼女は答えなかった。

「こんなにも長い間、本当にもう何日経ったのか、どうやり過ごしたのかわからないぐらいだ。十日？九日？」

彼女はやはり黙っていたが、口元にはあの淡い笑みがずっと浮かんでいた。

「君には想像もつかないだろう。僕がどれほど苦しんだか。ああ、僕はこれまでこんなに苦しんだことはないよ。わかる？」

「可哀そうなヴォルフガング……」

そう言い終わらぬうちに、彼女はまた私に口づけをした。


私はその口づけを受け入れた。心から彼女の口づけを味わった。おお、それは依然として甘く、柔らかく、美しく、芳しい口づけだ。おお、おお、どうか私を笑わないでおくれ。私の目はツンとして、もう少しで涙が出るところだった。その甘く、美しい感覚で私はあやうく落涙するところだったのだ。説明し難い一種の幸福感が私に涙をもたらしたのである。

「私も辛かったのよ、ヴォルフガング……」

「どうして？　会いに来れたじゃないか？」

「知りたい？」

「うん……」私は彼女の瞳を熱く見つめた。

「だって……私、出血して……」

「えっ？」最初、私は彼女の言わんとする意味がわからなかった。だが、すぐに理解すると、色を失った。この時、あの真っ赤な染みが目の前に浮かんで

だ。

「心配しないで……」私の驚きを目にし、彼女は限りない優しさを込めて言った、「六日間も続けてよ。だんだん少なくなって七日目にはなくなったけど。それからまた三日経ったからもう大丈夫よ」

六日間も血が出たって？　なんということだ。それなのに私ときたら、彼女を責めていたなんて。

「ケートヒェン……」

私はもう跪かんばかりだった。本当だ。跪いて彼女に向かってどれだけ頭を下げても、私の申し訳なく思う気持ちは表わしきれない。彼女はもちろん私を跪かせたりしなかった。私の手を取って、寝室に向かったのだ。

寝台まで来ると、思いがけないことに彼女は私の服を脱がせた。私は訝しんだ。

「私は本当に大丈夫よ。心配しないで。でもね、ヴォルフガング、優しくしてね、優しく。わかった？」

私は猛然と頷いた。

彼女は横たわり、私に向けて両手を伸ばした。もっと優しく……私は何度も無言で自分に言い聞かせ、おずおずと彼女に両手を伸ばした。彼女は軽く、そう、優しく私の手を引き、私を跪かせ開いた足の間に引き入れた。そして自分の体の両側に私の両手を置かせると、彼女との距離はたちまち近づいた。彼女の温かい、柔らかい、芳しい匂いを嗅いだ。もう彼女の導きは要らなかった。体が自然に下りて、私の唇は彼女の唇の上に押された。

ああ、なんと芳しく、温かく、美しく、柔らかい口づけなのか。彼女は私の口の中に舌先を挿し込んだ。おお、私はまた彼女に導かれ、二人の舌は一つに絡み合った。そうだ。私にはまだ彼女のリードが必要だった。私のもう一人の私はすでに膨れ上がり怒張していた。そしてそれが彼女の手に握られているのに気づいた。おお、そう、なんと柔らかく、温かく、美しく握っていることか。そして前へと導かれ、彼女の中に入った。頭の中はグルグルし、血は滾り、何かに頭の後ろを叩かれたようだった。しかし私は忘れず自らに言い聞かせた。優しく、もっと優しく……。そうだ。私は優しく、美しく入っていった。

＊

「美しい夜」

いとしい人のいます
このつつましい家を離れ、
寂しい暗い森を通り、
足おとをしのばせて行けば、
やぶやカシの木立の間に月がさし、
なごやかな西かぜがおとずれわたり、
白カバは枝をかしげ、
甘い限りの清らかな香りを放つ。

このうるわしい夏の夜の涼しさの
なんというこころよさ！
ああ、心の底から幸福にしてくれるものが、
ここではなんとしみじみと感じられることだろう！
この喜びは言いあらわしようもない！――
だが、天なる方よ、わたしはあなたに、
こういう夜の千夜もゆずろう、
わたしのいとしいおとめが一夜でも与えてくれたなら。

高橋健二訳『ゲーテ詩集』創元社（一九五一年）

私は数えきれないほどの詩を書いた。彼女に捧げるもの、彼女を思うもの、彼女を賛美するものがあり、もちろんほかのものもあった。しかしそれらはすべて破き捨て、私はこの一篇だけを残した。わざ

わざ残したといっても、こんなに幼稚で一読に堪えぬものだ。では、なぜ私はこれを残したのか。それは私がこれほどまでに渇望していた夜であったからだ。千の夜を犠牲にしてもよかった。この一夜と取り替えることができれば。しかし私はそれを得ることはなかった。ああ、なんと心に突き刺さるような痛みの夜であったか。もう二度と誰かに「ああ、可哀そうなヴォルフガング……」と言ってもらえる夜はあるまい。

そうだ。愛するケートヒェンは行ってしまったのだ。

そんな痛みの中、私は時に彼女を怨んだ。たっぷり恨みごとを繰り、時には怒った口調にさえなった。ただ落ち着いて見れば、懐かしさと憧れがあり、それだけでなくこの一年の間、彼女が私に与えてくれた無数の優しさと慰めに心の底から感謝するばかりである。とりわけ初めて伺い見た、彼女が私に開いてくれた肉体の門、そして一人の男性としての誇りと自信を与えてくれたことに。私は全身に力がみなぎっていた。学問でも、人間としても、彼女と共に愛の曲を紡ぐことでも、私は自分が掛け値なしの男になったと思ったのだ。

とりわけ学問においては私がどこまで進んでいたか、数え上げることができるほどだ。法律を専攻していたことは言うまでもないが、私はしばしば芸術や文学の分野や自然科学のクラスにも聴講に行った。こう言うのもおかしいが、私はすべてに興味があり、すべてにおいて理解できるものがあり、それによって収穫を得ていた。私はまるで乾いた土地であった。ひと滴ひと滴の雨がすべて完全に吸い込まれていったのだ。

ほかでもない、詩作について語ろう。私はあれほどたくさんの詩稿を捨ててしまった。残しておいた「美しき夜」さえ見るに堪えないと思ったが、おかしなことに、その後書いたすべての詩は私を満足させた。——こう言おう。一人の詩人として、私は不可思議にも換骨奪胎したのだ。そしてここ一年ほどで詩集『アネッテ』を編めるほどの詩作をした。

それから前に書いた通り、私とケートヒェンは一緒に交響曲を作った。私はもはや傲岸で意気盛んな指揮者となっていた。私は曲の進行をアレグロにしたりアダージョにしたり、軽くも重くも思いのままであった。——おお、ケートヒェン。私はこう言うたびに、また胸がズキズキと痛み出す。あるいはこんなふうに欲しいものを思うままに手に入れるというのは恥ずべき間違いだったのかもしれない。たまに思い通りにいかないことがあると、私は我慢できずにかんしゃくを起こし、彼女に対して謙虚で温和であることを忘れてしまった。

私たちが一緒にいることもそうだった。最初、彼女は何日かごとにすぐ会いに来てくれた。それが十

日であろうと八日であろうと私には喜びと感謝しかなかった。けれども、どのぐらいしてからのことかはわからないが、私は別れ際になるとそんなに長く待たせないでほしいと求めるようになった。私は彼女がなかなか会いに来てくれないことを怨むようになったのだ。しまいには彼女に二日に一度は来るよう強要した。そしてまた彼女が来られるかどうか、都合がいいかどうかを考えないようになり、彼女が私の思う通りに来てくれないだけで彼女を責めたて、はては他に男がいるのではと疑いさえした。

ある時、ちょうど銅版画を作っていた時彼女がやって来た。それは私が新たにのめり込んだ新奇な芸術であった。まさに制作に興が乗ってきた時、傍らで彼女がそんな危ない作業は止めろと騒ぎ立てた。私には何が危険なのかわからず、彼女を無視して制作を続けた。

「見てよ、ヴォルフガング。その青い煙には毒が

あるのよ。あなた、知らないの？」

私はそれでも何も応えなかった。彼女はイラついて私に近づくと、作業台の上にある銅板と用具をはたき落とし、塩酸の小瓶さえひっくり返した。

「何をするんだ？」私はにわかに怒った。

「これは危険なのよ。こんなもので遊ばないで」

この言葉が火に油を注いだ。芸術を遊びだと言うなんて。私は我慢できず彼女を押した。やや力が過ぎたせいで、彼女はバタバタと後ろに数歩押され、もう少しで転ぶところだった。

私は彼女に手を差し伸べなかったどころか、さらに「あっち行け！　いったい何なんだ！」と声を上げた。

ああ、きっとこの冷たい言葉のせいだ。その時、彼女は悲しそうに去り、それから先二度と私に会いに来ることはなかった。

＊

ケートヒェンと共に過ごし愛し合うことがなくなり、最初にもたらされたのは肉体の不満と飢えであった。——私はこの時になって初めて私がどれほど彼女を必要としていたのか、彼女が私にどれほどの慰めを与えてくれていたのかがわかった。肉体における——あるいは肉欲における、とでも言うべきか——空虚さは、精神における空虚さをもたらし、詩作することもなくなった。たまに一、二篇書いたとしても、醜いものばかりであった。自分の作品に対して憎しみを覚えるというのは、かつてなかったことで、私自身、自分のこの異様なあり様を訝しく思った。

このほか、苦しみの深淵に陥ると、私は胸に痛みを覚えた。ある時は左側に、ある時は右側に。この痛みはあちこちに移り、余計に私を苦しませた。ただ、それは隠痛に過ぎず大してひどくなることはなく、我慢できないまでには至らなかった。ゆえにそれを気にかけたりはせず、私は心の痛みを和らげようとして、生活はより無節操になった。友達と連れ立ってあちこちを遊蕩し、酒びたりになることもしばしばであった。

ちょうどそんな頃、ある妙に暑い午後のことだった。——正確に言えば一七六八年の夏、私は十九歳だった。——私は突然喀血し始めた。咳をした拍子に鮮血を吐き出したのだ。

病気になったのだ。それも繰り返す喀血に、私はついに自らの病気が軽くないことを知った。私は家に戻るしかなかった。父と母のもとに帰れば、母と妹がきっと付き添ってくれるだろう。疑うべくもなく、最良の医療を受けることができるのだ。そこで私は遥かな帰郷の途についた。

十六歳の年に故郷を離れてライプツィヒにやって

来た、二百マイル余りの道には四日かかる。それは一七六五年九月三十日で、月曜日だったことを覚えている。最初の駅がハーナウ、それからシュタイナウを北に向かうと古の宗教都市フルダ、さらにアイゼナハを経て東にまっすぐ行き、エアフルトとナウムブルクのふた駅を過ぎてライプツィヒに到着した。

今回は復路だ。反対の方角に行くのはもちろん、ひと駅ひと駅がきつくて長い道中である。乗るのは行きと同様馬車だ。「乗り合い馬車」と言ってもいいだろう。四人乗りで、通常は三人以上乗らないと出発せず、一路ガタゴト揺れて行く。来る時にはこの道が求学求道の光に溢れた道に思えたせいか、苦しいとは思わなかったが、今や状況は大きく異なる。重い病の身でガタゴト揺られれば病状に極めてよくないと、頭を使わなくともわかる。しかしこの道を帰らないわけにはいかないのだ。

この旅路についた時、深い自省のうちにこの病気について覚悟を決めざるを得なかった。ここ一、二年の不規則な生活、ほとんど放蕩に近い日々が病を引き起こしたに違いなく、それから……ああ、私はケートヒェンのことを思わずにいられなかった。私は彼女の優しさを思った。しかし彼女は銅版画制作に反対してあんなにまくし立てたのだ。いや、そうだ。あの青い煙だ。酸っぱい匂いがして臭い、私が肺に吸いこんだあの毒煙は、まさに銅版を腐食させるように私の肺まで腐食させたのか。

おお、もう一つあった。ちょうどライプツィヒに向かう道であった。当時はまさに秋雨の頃で道路はぬかるみ、二日目の昼時近くに馬車の車輪はぬかるみにはまって立ち往生してしまった。その時、うん、十六歳だった私は見かねて車からひらりと下りると、力いっぱい馬車を押した。いったいどうやったのか覚えていないが、うっかりして胸を圧迫し痛めてしまった。その時は心肺まで痛み、もう少しでぬかるみの中に倒れこんでしまうところだった。あの痛みはその後長らく続き、かなりしてからやっと治ったのだ。もしやあの時のケガが肺を損ねたのではなかろうか……

四日間の艱難の旅を私はなんとか乗り切った。私はすでに死にそうなほどであったが、家族の温かい世話のもと、ついに病状の悪化はまぬがれた。とりわけ母とコルネーリアが片時も離れずに私を看病してくれたことで、この病気を克服するのだという強い気持ちを持つことができた。まさに私の命の恩人である……

VI　野ばら

「野の小薔薇」

わらべは見つけた、小薔薇の咲くを、
野に咲くおばら。
若く目ざめる美しさ、
近く見ようと駆けよって
心うれしく眺めたり。
おばらよ、おばらよ、紅いおばらよ。

わらべは言った「お前を折るよ、
野に咲くおばら！」
おばらは言った「私は刺します、

いつも私を忘れぬように。
滅多におられぬ私です。」
おばらよ、おばらよ、紅いおばらよ、
野に咲くおばら。

けれども手折った荒いわらべ、
野に咲くおばら。
おばらは防ぎ刺したれど、
泣き声ため息、かいもなく、
折られてしまった、是非もなく。
おばらよ、おばらよ、紅いおばらよ、
野に咲くおばら。

　高橋健二訳『新訳ゲーテ詩集』新潮社（一九四三）

＊

一七七〇年、私は二十歳となり、シュトラースブルク大学に入学した。

ああ、シュトラースブルク、麗しのライン河畔の美しい都市であり、古代ローマ時代以前から栄えた美しく豊かな古き街よ。

これは私が正式に大学に入学して高等教育を受ける第二段階であった。私はまたこの美しき古の都市を心から好きになった。特筆すべきは、ここで知り合った、私より五歳上で、学問、思想、見識ともに私の十倍、二十倍は上をいく友人ヘルダー、その人である。彼はすでに有名な新進評論家であり、神学者でもあった。知り合って間もなく、私はこの人こそ師事するに足りる人物であるとはっきり見て取った。

彼は私がライプツィヒ時代に書いた詩を見ると、私は傑出した才能に恵まれているが、創作においてはまだまだ開眼しておらず、さらなる学習と探索が必要であると厳しく指摘した。そして私の詩はただ流行に迎合した作にすぎず、フランスの作品の影があまりにも多く、「亜流」であるとしか言えぬと言った。

亜流！　流行！　この言葉はまるで私にとって棒で頭を叩かれたのと同じで、恥ずかしくて穴があったら入りたいほどだった。彼の忠告は、いや、これは教示と言うべきか、よくよく考えれば完全に正しく、それまで私が悟り得ることがなかった芸術の真髄であった。

例えば第一に、彼はこう言った。ドイツ語の美と力に気づき、理解しなければならない。この美と力というのはとても簡単で、それは民衆がふだんよく口にする民謡や昔話の中にごろごろある。ただ智恵を以ってつかみ取ればいいのである、と。彼は私にひと綴りの帳面を持ち歩くように言った。民衆の中に入り聞き取り、理解し、そして記録するのだと。

おお、彼のこの言葉を経て、私は真に気づいたのだ。

ドイツ語という言語がどれほど美しく、どれほど力強いかということに。

それからシュトラースブルクには他の都市同様、数多くの教会堂があった。あるいはあまりにたくさん見かけるので、珍しいとか美しいなどとは思わないかもしれない。ヘルダーは私にこのような尖頭アーチ式の「ゴシック様式」の建築は、自分の目で実際にじっくり見て体感しなければ、その美は理解できないと言った。それらはまさに蒼穹の美を描いた芸術作品であると。

三つ目に、心の内から自然に発せられた真実の言葉で創作をしなければならないと私を励ました。そうすることではじめて地に足のついた人格が現れるのである。

この卓越した朋友の影響を受け、私は目の前がパッと開けた。それ以降、私の作風は一変し、以前のように流行を追って浮ついたものばかり書くようなことはなくなった。

そうだ。確かに感じた。私のペンは突如見えない力を得たかのようで、何かを書こうとすると思いがけない力強さが生まれた。気持ちが高ぶりさまざまな考えが浮かび上がっては新しい時代の息吹きに溢れる文学論文を書き、人々に独創性ある個性を尊重するよう鼓吹し、情感の高まりに任せて、すべての既存の法則や束縛に挑戦するような理想主義を掲げた。ある人はこれを天才の精神であると言い、「疾風怒濤運動」と名付けた。確かにこれは斬新な文芸運動であり、私とヘルダーを中心に展開していった。

*

私は創作と理論において努力を続けたが、大学の講義においては真面目で真摯に学生としての本分を尽くした。専攻の法律だけでなく、各種の文芸の分野でも私はしばしば聴講しに行き、哲学から自然科学まで逃すことなく出来る限り幅広く触れるようにしていた。

あまりに多くの哲学体系を消化するため、私はこの年、秋に入る頃からよく本を携えて郊外を散歩するようになり、近くの林が私の最もお気に入りの場所となった。なぜならそこは静かで考えを巡らせたり、読書をしたりするのにぴったりで、思索に耽っていたために時間を忘れてしまうこともしばしばであった。

ある日、私は北に向かって歩みを進めていた。林の脇の小道には落ち葉が重なり、それを踏むと心弾むカサカサという音がした。太陽はわずかに西に傾いていたが、ちょうど一本の大きな木が私に気持ちのいい憩いの場を与えてくれていた。私はその木の根元に坐り、幹にもたれて本を開いた。そしていつの間にか眠ってしまった。

どのぐらい眠り込んでいたのかわからない。突然

誰かがやって来る気配がした。目を開いて見てみると、若い女性の姿が見えた。ちょうど北に向かっているところである。おお、ここは荒野とまではいえないが、人影の少ないところである。あの女性を守って差し上げるべきではないか。そんなことを思っていると、その人はとうに行ってしまっていて思わず失笑した。何が守る守らないだ、要するに女性に対する好奇心じゃないか。こう自嘲して私は彼女が歩み去った方に向かった。

しばらく歩いて林に沿ってぐるりと行くと視野が開け、田舎道を北に向かった突き当たりに教会の尖塔が現れた。それは素朴で美しい場面であった。とりわけ夕映えに照らされた穏やかで平和なさまに心誘われた。だがこの時、私にはこのような光景を楽しむ余裕はなかった。私は楽しげに歩いていたあの女性にしか関心はなく、彼女はちょうどその小道をその教会に向かって歩いていたのである。

私は思わず心の中で計算した。彼女はあの教会に向かっているのか。教会の娘なのか。もしかすると、あの時間にあそこに礼拝に行けば、彼女と知り合えるかもしれないぞ。……お前もバカな男だな、何を好き勝手に考えているんだ……。見れば、間違いない。彼女は教会に向かって歩いている。私はついつい彼女の後ろをついて行った。開けた場所に出ると、私は立ち止まり、遠くを眺めた。その坂の突き当りに村がある。見れば静かで少しばかり寂しげな村ではないか。

次の日曜日、私はこのゼーゼンハイムという村の教会にやって来た。想像した通りここはまさに静かで寂しい小さな村、小さな教会であった。礼拝に来ているのも大人子ども合わせてたった三十人ほどで、やはり物静かで純朴な様子であった。そして私はついにあの娘を見かけた。——私には彼女だとわかった。彼女はオルガンを弾いていて、上半身はピタリと止まって動いていないのに、オルガンの音は静かに流れていた。それはなんとも美しく心を揺さぶる音でありながら、どこか一抹の寂しさを漂わせ、私の心の奥深くに沁み入った。

私は会衆の後ろに席を見つけ、姿勢を正して腰を下ろした。私は彼女を見つめ、彼女も私を一瞥した。どうやら私という見知らぬ人間に気づいたようだった。またすぐ私を見た。その一瞥は彼女の小さな震えとなったように感じた。けれどすぐさっきのように集中してオルガンを弾く平静さを取り戻した。

素朴な教会、会衆、空気の中で彼女もまた素朴であった。彼女の容貌、彼女の褐色の髪、彼女の身なり、そしてあの態度。そのどれもが素朴であった。私は初めて素朴の美を理解した。そのような美は感動的ですらあった。

礼拝が終わり、私は正直に遠慮することなく教会堂の後ろに連なる牧師館を訪ねた。私は名を名乗り、シュトラースブルク大学の学生であることを伝えた。

「おお、あなたがあの有名な青年詩人のゲーテなのですか！」

老牧師は目を丸くし、家族を――夫人と娘のフリーデリケ・ブリオンだけであったが――紹介してくれた。息子は今、古の宗教都市フルダで神学を学んでいて、そのうち神職に就くという。そこは故郷のフランクフルトからライプツィヒに向かう時に必ず通る所で、私はすでに二度そこを通っているが、バロック様式の建築で有名で、数多くの修道院がある所だと知っているだけで、バロックの街と呼ばれるフルダには大した印象はなかった。

そうしたことはもちろん大したことではない。私はついに彼女のことを知ったのだ。名はフリーデリケといい、まさにブリオン牧師のお嬢さんだった。褐色の髪に青い目をしており、その清楚な美しさは人を引きつけるが、不思議なことに曰く言い難い一種の純朴さがあった。だが、私は彼女のその深く青い目の中に、私に対する尊敬の念を感じ取った。それはもはや憧れに満ちた色合いのものですらあった。おお、敬愛すべきフリーデリケよ。君もまた私の詩を評価してくれていたのか。

最初の訪問ですぐにお互い知り合うことができ私は十分満足した。同時に私は確信した。彼女に対して私は思慕の情を寄せたのだ。いや、こうも言える。彼女が独り林の脇の小道を楽しげに歩いているのを遠くに見かけた時、私にはすでに彼女に対して愛慕の念が湧き始めていたのだ。

＊

三度目にゼーゼンハイムの教会を訪れて礼拝をした後、私はついにフリーデリケを散歩に誘い出すことができた。私たちは歩きながら他愛もない話をした。私は学校で起きた面白い話をするのを忘れず、何度も彼女を笑わせた。

私はわざと南に向かい、しばらく歩くとあの林に出た。

「初めて君を見かけたのがここだった」

私はそこで足を止め、振り向いた。緑色の坂が前に向かって伸びており、その突き当たりがあの教会の尖塔であった。変わらぬ素朴な景観であり、変わらず美しい。

「君はあそこを一人で歩いていて」

私は手を伸ばしすぐそこを指して言った。「僕は急に心配になった」

「何を心配したの?」

「悪者がいるからさ……」

私は覚えている。確かに私はそんな心配をしたのだ。

「ふふふ……」彼女はまた軽く声を立てて笑い、こう言った。「どうして悪者がいるのよ?」


「いないって? 万一いたらどうする?」

「心配しすぎよ、ヴォルフガング。ここらに悪者が出たなんて聞いたことないわ」

私は彼女のあの青い瞳を見つめた。たとえ悪者でなくても、君を見たら悪者になってしまうかもしれないよ……。私はあやうくそんなことを言いそうになってしまったが、言わなかった。何か一種名状し難い力が、私がそう言いそうになるのを止めたのだ。私はただただ彼女を見つめた。ああ、フリーデリケ、私はどれほど悪者になりたかったことか……

「ヴォルフガング、見て!」

フリーデリケの落ち着いた声に私はハッとして、彼女の視線の先を見た。その道端には小さな野の花が咲いていた。美しい、美しい赤い花々が私たちに向かって咲き誇っていたのだ。

「野バラだわ!」彼女の声は喜びに溢れていた。なるほど、これが野バラなのか。赤い、なんとも清楚で可憐な花よ。私は腰をかがめ、その花に向かって手を伸ばした。

「だめよ、ヴォルフガング。だめ……」

フリーデリケが慌てて声を上げた時にはもう遅かった。私はそれを手折っていた。私は喜んで彼女の髪にそれを挿した。

「美しいよ、フリーデリケ」

私はこう言いながらなんとなく右手の人差指を伸ばして見ると、指先に刺し傷があった。血が一滴滲み出てきて、私は指を吸った。

「まあ、血が出ているわ。痛い？」彼女は心配そうに言った。

「いいや」私は指を彼女の方に伸ばしたが、ちょっぴり滲んでいた血はすでに私に吸われ、無くなっていた。

ちょうどその時、私は何日か前に街の賑やかなところで聞いた詩を思い出した。私は田舎の人独特の

調子を真似して諳んじた。

「くれないの野薔薇よ、荒野に咲きし紅《あか》い薔薇……くれないの野薔薇よ、荒野に咲きし紅い薔薇。ああ、紅い薔薇……」

「素敵。また新しい作品？」

「いや、聞いたものだ。こんなにも単純で素朴なのに、こんなにも感動的で……」

「私も気に入ったわ」

「詩を書くよ。『野薔薇』という題にしてもいい。君に捧げるよ」

「本当？　嬉しい！」

彼女はそう言うと一歩前に進んだ。私も同時に前に歩んだ。二人は自然に抱き合い、自然に口づけをした……

また日曜日になった。

村で老人が亡くなり葬儀は牧師が司るため、礼拝の後フリーデリケの両親は村の方に行き、家には私

とフリーデリケだけが残された。

「野薔薇」はすでに完成し、発表もされていた。それが今回の対面の最高の贈り物であったことは言を俟たない。私は彼女のために朗々と詠じ、これは彼女に捧げる詩であるとはっきり告げた。彼女は何度も私に感謝した。その時、彼女の両目は潤み、ふた粒の美しい涙が今にもこぼれ落ちそうで、私は目がしらが熱くなった。私は今にも泣きださんばかりだったのだ。

「僕はもっとたくさん書いたんだよ。君には想像もできないだろうが、君と知り合ってから、僕は毎日が詩なんだ。多い時は一日に四つも五つも湧いてくるんだ」

「おお、ヴォルフガング……」

「友達のヘルダーはそうした詩を見て言うんだ。『我らが自然詩人が誕生した』って。とりわけ『野薔薇』が好きだと言っていたよ」


「自然詩人……?」彼女は理解できない様子だった。

「うん、まさに自然詩人だ。これは僕にとって最大の賛辞だと思うよ」

「ヴォルフガング……」

彼女の涙がポロポロ落ちるのを見ると、私はたまらなくなって前に進み出て彼女を抱き、彼女のために涙を吸い取った。そしてその塩からい唇を彼女の唇に重ねた。

私たちは狂ったように口づけをした。彼女はうっとりして唇から頬、首へ私に口づけをさせるに任せた。そしてどちらからともなく、抱き合い、口づけをしながら部屋の中へと入っていった。互いに服を脱がせ合いながらも口づけを続けた。その深い口づけはゆっくりと彼女が寝台に倒れ込み、唇と唇が離れてしまうまで続いた。私は一種強烈な物足りなさを覚え、思わず身をかがめて彼女に口づけをし続けた。けれども私は突然止められてしまった。私の目に飛び込んできたのは目の前に現れた彼女の裸身であった。雪のように白い、いや、まさに象牙彫刻のような乳白色を湛えた白で、それは柔らかく、そして輝くように私の目に映った。

　すると彼女の裸身の真ん中あたりに何やら異様なものを見つけた。——それは自然に私の目の前に映し出された。私はほとんど一瞬でそれが何か理解した。それはひとむらの体毛であった。かすかに褐色がかっていて、その柔らかさはうっかり息をすればその息で吹き飛ばされてしまいそうなほどで、そんなことを思った途端私は息が詰まりそうになった。

　おお、息ができない。本当に窒息してしまう。私の心臓は猛り、血潮がふつふつと脳天まで湧き上がった。だめだ！　窒息してはいけない！　私は……満腔の血潮を滾らせた。同時に自らを抑えることができなくなり、体を落として跪き、私はそれに口づけを、いや、それに覆いかぶさった。ひとむらの柔らかくふわふわしたそれに覆いかぶさり、私は自分の息が彼女の体毛を吹き飛ばしてしまうことを恐れた。

　おお、私の顔じゅうにその柔らかさを感じ、同時に顔じゅうに名状しがたい、比べようもない香りを嗅ぎ取った。その時の私はすでにそれらを愛でる意識はなく、もはや自分自身さえ失い、ただ本能に従って行動していた。彼女と一体となる素晴らしい感覚を味わうこともなく、それどころか彼女と一体となったのかどうかさえわからなくなっていた。

*

なんということだ。私は心を決めなければならなかった。彼女と別れるのだ。

　あの静かで素朴な村ゼーゼンハイムの、あの小さく素朴な教会堂、そして彼女——我が愛しのフリーデリケ、彼女の両親。私は二度と見つけることはできないだろう、あんなに善良で慈悲深い家族を。そしてあの林の木々、小道、緑広がるあの丘陵、坂道、すべてを忘れなければならない。

とりわけ愛するフリーデリケと別れるのは辛かった。彼女はあんなにも素朴で、あの赤い野バラを髪に挿した時のあの鮮やかな赤も、彼女の純朴さ、質素な色調の中にかすんでしまうほどだった。

なんということだ。フリーデリケ、私は君を愛している。どうかそのことを覚えていてほしい。あのわずか数カ月の間、私は君の愛、そして私に静謐さを与えてくれた素朴な環境に浸り切り、溢れんばかりに詩が湧き上がったあのすべて、さらに各方面から寄せられた「自然詩人」という欣慕と些かの崇拝に――君はもちろん知っているね。それは君と君を取り巻くすべてが私にもたらしてくれたものだよ――浸った。私は本当に君と、あの場所で生涯を共にしたかった。そう、それらのおかげで私は自然の中に溶け込み、「自然詩人」という称号に恥じない詩人になったのだと信じている。

これらすべてと別れることを決めた時、私は君に対して申し訳ない気持ちでいっぱいだった。けれども、そうしないわけにはいかなかったのだ。まず、私はまだ二十二歳で、君と君たちの懐の中で安穏としてはいられなかった。そしてさらに重要なことに、私とヘルダーが巻き起こした疾風怒濤運動の嵐が全ドイツを席巻していたのである。それはすべての束縛を突き破り、ドイツ本来の理想主義に立ち返るもので、もしこの小さな村に引っ込んだとしたら、私は逃走兵に、いや、詐欺師になってしまうではないか。

許しておくれ、フリーデリケ。君をそんな風に保守的にさせている、君のその素朴さこそが、私を叩きのめす最大の元凶になっているのだ。その数カ月間、あんなに愛し合っていても、一緒にいられる機会はあんなに少なく、あんなに渺茫としていた。私はどれほど街で君と二人だけの時間を持ちたかったことか。けれどもそれはまったく過分の望みであり、不可能なことだった。そしてまるで私に勇気を与えるかのように、先週私は通知を受け取った。私は優秀な成績で試験を通過し、法律課程を修了して弁護士の資格を取得したのであった。

シュトラースブルクにおける二年近い勉学の歳月において、私は「自然詩人」という名を戴き、「野薔薇」をはじめとして数百篇の詩を書き、それを詩集『五月の歌』と、私とフリーデリケの愛を歌った詩集『会う瀬と別れ』にまとめたが、それらはいずれも満足できる成果であった。まだある。私の詩劇「鉄の手のゲッツ・フォン・ベルリヒンゲン」もまだ初稿とはいえ、少なくとも最初の段階での完成を遂げていた。私はさらに時間をかけ修正を加えて、同時に上演の機会もさがしていた。ああ、それには故郷のフランクフルトでなければ無理だろう。そして私には正式に弁護士として働ける法律事務所も必要で、これまたフランクフルトでなければだめだった。

一七七一年八月、私はついにシュトラースブルクを離れたのである。

VII　若きウェルテルの物語

　この前ライプツィヒから故郷に戻ったのは重病で瀕死の時で、帰郷は養生のためだけであった。四年を経て、今回はシュトラースブルクから帰って来たのであった。もはや病気のためや養生のためではない。ライプツィヒ、シュトラースブルクの二つの大学で学び、学業を終えて弁護士の資格を引っ提げ、健康で成熟した身体で、弁護士の看板をかかげて生涯の仕事に取り掛かるために帰ってきたのである。

　マイン川とライン川が交わる地にあり古より栄えるドイツ最大の都市がフランクフルトであり、私が生まれ育った故郷である。フランクフルトは我が自慢の大都市で、歴代の神聖ローマ帝国皇帝を選び、そうした皇帝たちが戴冠式を行ったゴシック式の大聖堂など、たくさんの偉大な建築があった。そしてまたフランクフルトは全国で唯一、皇帝直属の帝国自由都市で、中世以来の自治が他とは比べようのない伝統となっていた。

　フランクフルトの特別なところを数え上げればきりがないので、私はここでインクを無駄にしたくはないのだが、私が生まれ、勉学のためライプツィヒに行くまでの子ども時代を過ごし、今また弁護士、文筆家として住まうこの歴史ある建物、豪邸とさえ言える三十幾つもの部屋を擁した五階建ての住宅だけには触れておきたい。

　それは仕立て屋から身を起こし、その後かなりの規模のホテルの主人となり、一代で財をなした祖父が買ったものであった。上流階級に這い上がるべく、祖父は息子――つまり私の父――に法律を学ばせた。ギーセンからライプツィヒ、さらにシュトラースブルク大学に学び、博士号を取得した果てに、フランクフルト市長の令嬢を妻——私の母——としたのである。私たち一家は下層階級から抜け出し、祖父の財産のおかげで豊かで安穏とした生活を送っていた。

私たちのこの家がいかに飛び抜けて豊かであったかは、厨房と裏庭にある井戸それぞれに汲み上げポンプが設置されていたことだけでわかるだろう。二階も同様に壮観である。ロココ風の設えで、中央にある部屋は「北京の間」と呼ばれ、当時流行していたシノワ趣味で飾られている。この二階の大部分を書庫としており、うち一つの部屋は私が小さい頃の勉強部屋であった。三階はフランス風の装飾がされており、父の書斎、母の寝室があり、その隣が私の生まれた部屋であった。父の書斎には出窓があり、私が学校から帰って来る時間になると、極めてしつけに厳しい父は、その出窓から私が時間通りに帰宅するかどうか見張っていたものである。

四階は、ああ、ここには広くて静かな部屋があって、私はひと目で気に入ってしまった。私はそこを私の新しい書斎に決めた。その部屋に一歩入ると、右手に窓があり、窓のそばには机があって椅子が二つ置いてある。左手にはもうひとつ机があるが、それは立ったまま書き物をする「立ち机」である。天板がペンを持つ人に向かって傾いており、胸元ぐらいの高さで、下には何もない。必要な時には膝を曲げて休むこともできる。私はこれをひと目見てピンときた。私はここでたくさんの詩や小説、戯曲を書くことになるであろうと。右側の窓の下の机については、読書用にすることを決めた。それから手紙や書類を書いたりするのにもこれを使おう。

間もなく弁護士として開業する許可を得て業務を始めようとしていた時、父は私にヴェッツラーへ行き、そこにある帝国最高法院で法律事務の研修を受けることを命じた。悪くない。人々に広く信頼される優秀な弁護士になるためには、確かにさらに研修を受けて、業務見習いをする必要があった。そこで年を越してから間もなく、初夏の薫風が冗長であった冬を吹き飛ばしてしまった頃、私はこの田舎としか言えない小都市にやって来たのである。

ヴェッツラーはフランクフルトの北にあって馬車で一日ほどかかるところで、ライン川のもう一つの支流ラーン川の河畔にある。田舎とはいえ、早くも一六九三年には神聖ローマ帝国によってこの地に国の最高法院が設置され、三百余りの小国間のさまざまな紛糾を審理しており、まさに法律事務に従事する者にとって憧れの研修先であった。

正式に研修生として登録され、仕事を始めて間もなく、ここのさまざまな法律事務には形式主義が充満していることに気づいた。何事も体裁ばかりにこだわり、実際はからっぽとしか言えなかった。審理している訴訟についてだけ言っても、何十年、それどころか百年近く引き延ばされて結審していない案件も少なくなかった。こうしたことは、やる気満々で向上心に満ちた私を非常に驚かせ、深く失望させてしまった。

唯一、私が慰めを得たのは、街にある「クローンプリンツ」という料理屋であった。毎日、午餐の時間になると、いつもたくさんの客が集まっていて、そこには私のような研修生もいれば、各国各邦から派遣された使節団員もいたが、いずれもみな各地のインテリであり、訴訟のためにこのつまらない田舎町に逗留するはめとなったもので、昼のこの時間を利用して食事をしながら互いに語り合っていて、それはそれで楽しいものであった。私はこれらの人の中から何人かの友を得た。彼らはその後の年月で生み出された私の作品に、非常にはっきりと、かつ深い影響を与えたのであった。

そしてまたこの時期、仕事の関係で私は領地管理の事務を担当している行政長のブッフと知り合った。彼は私の詩作を非常に褒めてくれていて、知り合って間もなく、ゆっくり語り合おうと彼の家に招待された。そこで私は偶然、まるで運命のように彼の娘シャルロッテ・ブッフと知り合ったのである。

初めて彼女を見た時、彼女がそこにいるだけで、周りまで光り輝かせるほどの美貌に深く魅了されてしまった。

ああ、何という美しさだろう。私にはそれを表す言葉もない。彼女はまるで夏の稲妻のようであったと言えるだけだ。彼女と向き合ったその時、私はそのまばゆさに目を開けていられないほどであった。それがブッフ家で初めて彼女を見た時の感覚である。けれども、彼女は私のことなどまったく気にかけていないようで、落ち着いた様子でこう言っただけだった。

「あなたがゲーテさんね」彼女は行儀よくお辞儀をするとまた言った。「あなたがいらっしゃるって、父から聞きました。歓迎しますわ」

「……ありがとうございます……」私は震えおののいたかのように、適当な言葉が見つからず、ただボソボソと感謝の言葉を述べただけだった。

「私も父もあなたを崇拝していて、あなたの作品についてよく話しているんですよ。お父さん、そうでしょう?」彼女はブッフ氏の方を向くと、こう付け加えた。

「恐れ入ります。ありがとう、ありがとう……」

私は相変わらずもじもじしていたが、彼女は一昨日父親と一緒に私の新作を読み、それについて意見交換した時のことを語り始めた。私は彼女の話を聞くふりをしながら、内心では失態を犯さないよう懸命に自分を抑え、彼女の言葉はまったく耳に入っていなかった。

シャルロッテ、おお、感動的なまでに美しいシャルロッテ。初めて彼女を目にした時から私は彼女に恋してしまったのだ。抗いようのないキューピットの矢に、私の心はいとも簡単に射抜かれてしまった。いや、それだけでなく、私はまるまるその虜となり、ついつい毎日彼女の家に足を向けたのである。彼女は私を恍惚とさせた。四六時中彼女の姿が目の中に浮かび、彼女の声が私の耳の奥に軽やかに響いた。三度目の訪問では、同業のケストナー弁護士を彼女から紹介され、婚約者だと言われたが、私は心ここにあらずの体で、彼女の家を訪れ続けた。私は秘かに自らに発破をかけた。お前なら彼女を奪えるさ、さあ、彼女を勝ち取るんだ、と。

私はいくつもの詩を書いた。どの詩も彼女を思うものか、さもなければ、彼女を天上の女神に比すもので、自らは地面にひれ伏して、拝み、祈り、彼女に甘露を乞い、たとえそれがたった一滴、いや半滴であっても、満足したのである。

彼女の家を訪れた時にケストナー弁護士が来ていたことは何度もあり、何度かは私の方が先に着き、あとからケストナー弁護士がやって来たこともあった。つまり、三人一緒の機会は実に多かったのである。私がシャルロッテに対してどんな気持ちだったのか、彼が知っていたかどうかは知らないが、彼は変わらず私を崇拝し、私への敬意を隠そうとしなかった。詩を語った時などは、私の詩がどれほど好きか、どれほど評価しているかを語るに、まさに五体投地でもしそうなほどであった。

このようなふれあいを通して、私は次第に気づいた。彼は文学作品を理解しているだけでなく、弁護士としても傑出していることを。仕事の上でも恋愛の上でも、彼はまさしく手強いライバルであった。――まったくそうだ。私は心の奥深くで、彼の仕事上の成功に敬意を抱き、恋愛の上では私を遥かにリードしていることに嫉妬していたのである。たとえ私の眼の前であろうと、そのはにかむような様子から、彼らの愛の深さはいつでもわかるほどであった。

こうした状況は非常に私を焦らせた。私は過去に情を交わした女性たちのことを思わずにはいられなかった。容易く、順調に手に入れることができなかった女性がいたであろうか。ただ唯一、シャルロッテだけは、ああ、我が女神には、想像の中で口づけをすることさえ叶わぬのだから、いわんやその先をや！

私は長いこと恋い焦がれ苦しみ、ようやく彼女と彼の間のあのような愛を理解していった。それは清らかで強く、私は彼女に愛を示すことすらできなかった。言いかえれば、私は自らを彼女のもとから千里の彼方に避けたのである。私は自分に敗れたのだ。

未曽有の絶望の中、私は自分がどれほど狂い、どれほど卑しいか悟った。たとえシャルロッテに対する愛がどれほど激しくても、所詮それは分のない思いであり、許されないものだったのだ。このような愛を抱いていてはいけないと、自分自身理解しなければならない。私は心を殺さねばならなかった。たとえ忘れることができなくても、女神の姿は永遠に心の中で崇め奉るしかないのだと。そうだ、私は手放す度量を持つことを学ばなければならない。そうでなければ、私は永遠に傲慢の徒のままであろう。

こうしてこの年の九月、私は五カ月も住まなかったヴェッツラーに別れを告げることを決め、故郷に帰ったのである。

＊

帰郷の途中、どうした心持ちか、ふと徒歩旅行することを思いついた。もちろん、全行程を歩くことはできない。それは絶対に不可能だ。私はラーン川に沿って、ライン川に出るまでの何時間かの道を歩こうと思っただけである。ラーン河畔やラーン川、沿岸の風景などは歩きながら眺めるのにぴったりで、自然の中に身を置くのに値すると知っていた。それに私はこれまでもずっと旅行が好きだったし、むしろでこぼこ道を馬車に乗って揺られる——これは避けることができない——時間がたとえちょっと短くなるだけでも、喜ばしいことではなかろうか。こうした考えのどれもが徒歩で行こうと思った理由であろう。しかし、私はやはり内心よくわかっていた。最も重要なのは、もしかしたらこの機会に、心の中に根を張ったような挫折感を解き去ることができるのではないかということである。

そうだ。これはおそらく生まれて初めての深刻な挫折であった。そのおかげで、手放すことや諦めることを学び、己の中のいやらしさ、卑小さを見つめることができ、さらに言えば、そのおかげでかつて書いた相当な数の詩も、そこになにがしかの意味や価値があるのかと疑わざる得ないほどであった。

秋風が私の頬を吹き払い始めた。わずかに感じるスーッとする涼しさのなんと心地よいものか。とりわけあの緩やかな水の流れだ。あの清らかな水はまさに私の心を洗い流してくれるようだった。私の思いが、詩作が何の役に立つのかという疑問にぶつかった時、突如として詩を諦め、絵描きの道を歩むべきではないかと思いついた。詩人か？　絵描きか？不思議なことに、私はこう迷い始めてしまった。

何気なく手を伸ばすと、上着のポケットからナイフが出て来た。いつポケットに入れたのか思い出せなかったが、ふとすぐに奇妙な考えが頭に浮かんだ。詩人か画家か、この小さなナイフに決めさせようじゃないか。つまり、このナイフを川に投げ入れ、もしはっきりと川に落ちて行くのが見えたら、私は画家になろう、と。そうでなければ……と、ここまで考えて、私はナイフを投げた。するとすぐに小さな水音が聞こえたが、川岸の枝垂れ柳に遮られ、ナイフが水に落ちるのは見えなかった。私の心はこんな風にして決まったのである。

忘れられないことがある。ラーン川とライン川が交わるところにある村は、コブレンツといった。ここには何度か手紙で交わしたことのある女性作家ゾフィー・フォン・ラ・ロッシュが住んでいた。直接会ったことはないが、彼女の感傷に満ちた幾篇かの作品が少なからぬ読者を有していることは知っていた。せっかくこの地方を通るのだからと、私は彼女のもとを訪れることを決めた。

ラ・ロッシュ夫妻はさすがに貴族だけあって、立ち居振る舞いは非常に優雅であったが、とても親しみやすい人柄で、初めて会った時から私たちは長年の知己のようであった。私を驚かせたのは、夫婦の間のマキシミリアーネという十六歳の娘であった。まさに青春のはつらつとした様子はとても好ましく、誰にでも愛される可愛い少女だと言われるのも当然であった。

ラ・ロッシュ夫妻はもてなし上手で、さらに私と夫人は文学について語り合うと非常に話が合い、話題が尽きないほどであった。そのため、彼らは私を丁重にもてなしてくれ、しばらくここに留まるようにと言ってくれた。とりわけ彼らのあの可愛い娘の濃厚な青春の息吹に、私は思わず心の奥で期待した。もしも私の心の傷にまだ癒えていないところがあったとしたら、きっと彼女は私を慰め、私の心の傷をふさいでくれるに違いないと。

けれども、ラ・ロッシュとの歓談がひと段落した頃、ラ・ロッシュ公は突然思いついたように、またおしゃべりのネタとしてあることを私に伝えた。

「ゲーテさん、あなたもしかして若い弁護士のイェルーザレムさんをご存知では？」

「イェルーザレム？」

どこかで聞いた名前だが、すぐには思い出せなかった。

「少し前、彼もヴェッツラーへ研修に行っていたんですが、あなたもヴェッツラーに行かれていたんでしょう？」

「ええ」思い出した。痩せて背が高い人で、ユダヤ人でもあった。「知っています。確かにヴェッツラーで一緒に研修を受けました。でも、それ以上の付き合いはないんですよ。彼、どうしました？」

「自殺ですよ」

ラ・ロッシュ公はそう言いながら右手を挙げ、こめかみに向かって引き金を引く動作をした。

「おお！」

自殺と聞き、さらにラ・ロッシュ公の手の動きに、あのユダヤ人の同僚の極めて限られた過去のことが突然私の胸に蘇った。イェルーザレム。名前だけでユダヤ人だとわかる。彼が人に与える印象はどこか鬱屈していて、心の中には憂いが充満しているかのようなものであったが、普段は明るく快活に見せかけ、同僚みんなにいわば媚びへつらうのに近いほど親しげにしようと努力していた。

当時、ヴェッツラーの少なからぬ仲間のうちで噂があった。彼はヴェッツラーのある貴族の家に足繁く通っていたそうで、そこから友誼を得ようとする彼の気持ちが見て取れた。最初は先方もお義理で礼儀正しく接していたが、しばらくしないうちに、彼があまりにも頻繁に訪れるので、いい顔をしなくなってしまった。およそそんな時、彼はまた別によく通っていた一般人の家庭で、うっかりしてそこの女主人に対する思慕を露わにしてしまい、付き合いを拒まれたのである。こうした状況が、もともとユダヤ人であることからくる原罪を背負っていたかのような彼に、耐えられない苦痛を感じさせ、絶望の淵に追いやったのである。

＊

日も暮れ、私はラ・ロッシュ公の家に一晩邪魔することになった。――その実、私にはもとより少し逗留したいという気持ちもあった。しかし、この不幸な知らせを聞いて、私の心はたちまち掻き乱された。ほとんど癒えたと思っていたシャルロッテから受けた心の傷が、これによって再発してしまったのである。その激しい勢いに私は居ても立ってもいられなくなり、どうしたらよいかわからなくなったが、とにかくできるだけ早く帰郷しなければならないと思った。自分の故郷、自分の家にいなければ、本当に自分が何をしでかすかわからなかった。

その晩、私はラ・ロッシュ公の客間に泊まった。とても居心地がいい部屋だったが、どうしてのんびり休むことができようか。私は部屋の中を行ったり来たりした。疲れたら坐り、そしてまた歩き……ということを繰り返したのだ。私は考え事をしていたのか？　違う。頭の中は千々に乱れ、何を考えたらいいのかさえわからなかった。いや、そうじゃない。思考などまるっきりできなかったのだ。頭の中はめちゃくちゃのままだった。

どれほどの時間がたったのかわからぬが、突然、小さくノックする音が聞こえた。ひっそりとした中、そのかすかなトントンという音に私は驚かされた。こんな時間にいったい誰が？

私がそう訝しがっていた時、鍵の掛かっていない扉が音もなく開いた。部屋の中の明りがその顔を照らし出し、私は思わず冷気を吸いこんだ。それは思いもよらない人であった。そしてこんな時間にノックなどするはずがない人であった。

「…………」私はあやうく叫び出すところを、なんとかこらえた。

私がなおも怪しんでいたその時、その人はすでに部屋に滑り込んでいた。それはラ・ロッシュ公の愛娘、あの可愛い少女マキシミリアーネであった。私がまだも驚いていているうちに、彼女は何でもないかのように部屋の中にある机の前まで行くと、何かを探すかのように頭を伸ばして辺りを見た。そして私が机の端に置いた紙束を手に取って見ると、また私を見た。顔には疑いの表情が現れている。

おそらくこの「奇遇」のせいであろう。私の中に満ちていた絶望と苦痛は、この時には不思議なことに半分以上消えていた。そこで私はやっと少し落ち着いて彼女に向き合うことができた。

この時、彼女はその手に持っていた紙束を私に差し出し、疑わしそうな目で私を見た。その瞬間、私は彼女の言わんとする意味がわかった。私は両手を広げると軽く苦笑いを浮かべた。

「書いてないの?」彼女は聞いた。無邪気さはそのままだ。

私は頭を振った。

彼女はもう一度白いままの紙束を見て言った。

「ひと言も?」

私はまた頭を振るよりなかった。今度は自然に微笑みを浮かべることができた。

「変ね。どうしてないの?」彼女は紙束を机に戻し、机の前にある椅子に腰かけるとまた言った。

「あなたが行ったり来たりしては、また立ち止まるのを見たわ。私、てっきりたくさんの新作が書けたんだと思ったのに……」

私は黙して語らなかったが、心が次第に和らいで来るのをはっきりと感じた。

「ほら」彼女は胸元を押さえた。「私の心臓、まだドキドキしているわ。あなたの新作の最初の読者になれたら、なんてすごいのかしらって。あ～あ……」

私は思わず笑い出した。

「君をがっかりさせてしまって、誠に申し訳ない」

私はこう言って頭を下げた。

「でも……どうしてなの？　どうしてあなたみたいな大詩人が、夜の大半を使って考えているのに、一篇の詩も書けないの？　本当に信じられないわ」

「考えていたんじゃないんだ。あれは……」

「うん？」

訝しがる視線が問い詰めるような力を持って私に向けられた。

「苦しんでいたんだ」

「苦しんでいた？　何があなたを苦しめていたの？」

「君のお父さんが言ったんだ。ある友達が自殺したって」私は引き金を引く動作をした。

「あ……、あのことね」

「まだある……」私はまた迷い、しばらくしてから続けた。「失恋したんだ」

「あなたが？　あなたが失恋したの？　私、信じ

ない」

「どうして？」

「あなたみたいに偉大な詩人も失恋するなんて、誰が信じるの？」

「ああ……」私は思わず長いため息をついた。「本当なんだ」

「うん……」

この天真爛漫の可愛い少女の頭がめまぐるしく回転していることが見てとれた。そして私もこの瞬間、突如頭の中で何かが凝集し、嵐のように波打ち、もともと和らいでいった苦痛もそれに伴ってさっと消えてしまった。

「わあ……」私はその目を暗くて遠い彼方に向けると、そこに瞬く一筋の光を感じた。光は膨張し、私に迫って来る。

「あった！」彼女は時を同じくしてこう叫ぶと、今度は興奮気味に言った。「思いついたわ。ゲーテ

さん、失恋と自殺よ」彼女は引き金を引く動作をして見せた。

「そうだ、そうだ。失恋と自殺だ」私もまた同じ動作をした。

目と目が合った。そして互いに歩み寄り抱き合った。

＊

なんと、マキシミリアーネはまだ十六歳の少女で――彼女は私にこう言った。「こっそり教えて差し上げるわ、ヴォルフガング。私ね、本当はまだ十六じゃないの。十五歳と九カ月なのよ。でも、十六歳って言うのが好きなの。両親もつられてそう言っているわ……」

「……」私は答えなかった。私は彼女のそんな言い方は少々おかしいと感じたが、彼女がこう話した時のあの天真爛漫な様子はなんとも可愛かった。

この天真爛漫な十五歳とちょっとの少女が、私の心の中に悲しみと苦しみが深く沈んでいることを知って、私と同時に失恋と自殺という二つのことを思いつくとは、私には想像もできなかった。そして私は咄嗟に頭の中でこの二つの怖ろしいことを結びつけていた。

それに、ああ、なんと、なんと、それだけではなかった。この二つはまた私と彼女をも結びつけたのだ。――どちらが先に動いたのかまったく説明できないが、いや、もともと自殺と失恋が私と彼女の頭の中に同時に浮かび、それと同時に二つが結びついたのと同様、私と彼女の体も一つに結びついたのだ。

――おお、私は彼女の体を探っている。同時に彼女が手を伸ばして私の体を探っているのを感じる。ああ、もう体を、ではない。はっきり言ってしまおう。私の手が彼女の秘められた部分に向かっているのと同じように、彼女の手はすでに屹立している私の部分に伸ばされていた。なんとも不思議なことに、私の手が「彼女」に触れた時、彼女もまた私の「彼」に触れたのである。

私たちはもはや自らを抑えることができなかった。まるでめらめら燃えあがる烈火のように——私たちはもう止められなかった。天の助けを得て、何とか互いの着ているものをすべて脱がせ合った。そして、その小さな客室の片隅にある寝台に倒れ込んだのであった……

エピローグ

一七七四年、二十五歳で『若きウェルテルの悩み』を書き終え発表した。

それは一冊の愛の書であり、死の書でもある。そして青春の書であり、苦痛の書でもあった。たましいの勝利の書であり、絶望的な怒濤の書でもある。

アルプス山上の青空に響き渡る告白の書であり、ドイツの冷たい灰色の大地に刻まれた死の書でもある。

二年もの長きに渡り――まさにシャルロッテが私の心に与えた、あの心を穿って骨に刻まれた打撃の後、私の頭の中で小さな種が芽吹き、徐々に、懸命に、ゆっくりと成長し、成熟した。そして私は四週間の奮闘を以って一気に小説を書き上げたのである。

私が身を置くこの時代が、この社会が、この作品を受け入れるかどうかわからない。けれども私は因襲、偏見、行儀作法への不満を書かずにはいられなかった。そしてそれ以上に封建制度に対する批判を掲げずにはいられなかったのだ。そのため私はまず筆名を用いてそれを世に問うた。それが思いがけず世の人々に評価され――ライプツィヒで販売を禁じられた以外、到る所で大歓迎を受け、国境を越えてフランスやイギリスなど多くの国にも迎えられた。

聞くところによれば、多くの若者が主人公ウェルテルの振る舞いや服装を真似するようになったそうだが、もっと怖しいことに何人かの若者はウェルテルに倣い解脱を求めて自ら命を断ったのだそうだ。

シャルロッテから離れることを決めた時、どれほど苦しくても、私は自殺など考えなかった。この点は十分に明白である。けれども今あらためて考えるに、イェルーザレムというそれほど深い付き合いではなかった友人の死が、私にあれほどの衝撃を与えたということは、もしかしたら私の心のどこか片隅にかつてそんな考えがあったのかもしれない――おお、私はそいつを撃退し、そいつの欲しいままにはさせなかった。私は神に感謝し、そして赦しを乞う。我の書がもたらした罪を赦したまえ、と。

私は祈っている……

あとがき

たしか去年の夏から秋にかけての頃であったか、五月の終わりごろから執筆を始めた『滄海随筆』がひと段落して、この『ゲーテ激情の書』という、いわゆる「エロティカシリーズ」の作品を書き始めた。

不確かな記憶によれば冒頭の三篇を書いてから、また『滄海随筆』に戻って少し書き進め、再び『ゲーテ激情の書』を書いており、『滄海随筆』を書いては『ゲーテ激情の書』を書くといった具合にまさに交互に執筆を進めた。今春三月の時点で『滄海随筆』は約十一万語、『ゲーテ激情の書』は七篇で約六万語に達し、ここに至って両作品はひと段落を告げた。これは擱筆後数年を経て、あらためて執筆を

再開した十カ月余りの成果である。齢八十になろうとする老人にとっては豊作であったし、せめてもの慰めであったと言えよう。

年の初めに『ゲーテ激情の書』の最初の三篇を新聞で発表したところ、何人かの友人がどうしてこんなものを書くのかと訝しんだ。聞いたところによると中には怪しんだ余りに、これは「不可思議」だとさえ言った者もいたそうだ。またある人は日本の有名作家には年老いて後、同じような「異色作品」を書いたのが何人もいるから、私もまたこうした日本人作家の後塵を拝して、これらの「異色作品」を書いたのではないかと考えたようだ。要するに「怪しむなかれ」という意味なのであろう。

実はこういう種類の作品を書いてみたいという気持ちが私の胸に芽生えてからすでに久しく、ドイツに招かれて数回講演を行った頃に遡ることができる。時は一九九六年五月。私はドイツのいくつかの都市

を回り、ゲーテと関係するところを何カ所か見学したのだが、その見学の折にドイツに留学している何人かの学生たちが、案内の傍らゲーテの生涯について私にいろいろと教えてくれたおかげで、ある事柄が私の心に焼き付けられたのである。

ゲーテの生涯における風流韻事は数知れず、それもひっきりなしに、である。そのうちの一つが、ゲーテ七十二歳にして十七歳の少女ウルリーケを愛したことである。老ゲーテの彼女への愛は拒まれ、それはゲーテの生涯最後の失恋となった。年若い友人たちの説明を待たずとも、手元の本にあるゲーテの年譜から、ゲーテ晩年のこのラブストーリーについて私はとっくに知っていた。そしてまさにこの年、私もまた七十二歳であったのだ。

これは私にとって非常に面白い偶然であった。当時の私は老ゲーテのこの愛情に、しばしば胸が揺さぶられた。時に彼のために喜び、時に彼のために悲しみ、そして時には突拍子もなくこっそりと自分に問うた。……お前はどうだ？　十七歳の少女を愛せるか？　愛したとして、彼女に求愛できるのか？

不幸なことに私の答はすべてが否定形であった。私はこんな娘を愛することはできないし、求愛なんてもっとできない。——仮に一万歩譲って、心ときめかざるを得ないような娘が現れたとして、やはり私は愛を求めることはできないだろう。

こうして、一カ月近くドイツに滞在している間、老ゲーテと少女ウルリーケの間の咲き誇る前に枯れてしまった愛の花が、思い出したように私の頭の中に浮かんだ。

そのために私は崇拝してやまぬこの偉大な詩人、偉大な作家に代わり、美しい愛の光景を織り始めたのである。私はやむにやまれず心の命じるまま、ウルリーケが深夜ゲーテの部屋の扉を叩く情景を書き上げた。——いつもの習慣通り日本語であれこれ考え、私の頭の中にまざまざと浮かんだその情景を当たり前のように日本語で記録したのである。

当時、この物語を書き続けていくつもりだったのかどうかは思い出せない。けれども一頁の日本語の草稿が残っているところから、内心そんな考えが浮かんでいたに違いない。しかし長い年月が過ぎても、書き進めようという気にはならず、果てはこんな草稿があったことさえ忘れてしまい、この草稿を書いた時おそらく頭に浮かんでいたであろう、この作品を書こうという考えさえきれいさっぱり忘れていたのである。

そして昨年の夏、『滄海随筆』を書いていた時、おそらく古い資料を探そうとした時だったのだろう、この日本語の草稿がふいに出て来たのだ。情景から言うとそれは完璧で、通読してみると、その後に続く情景が次々頭の中に浮かんだ。そこで私は書き続けることを決めた。続いて第二、第三篇が書き上がり、さらに四、五、六、七篇が完成した。

以上がこの本を書いた際のあれこれである。私の頭に渦巻いたのは、このような作品は卑俗だ、あるいは読むに堪えないと拒絶されるのではないかということであった。そして、最も気がかりだったのは、百パーセント虚構であるこの連作が、我が崇拝してやまぬ、そして世の人々の尊敬を集める偉大な作家、偉大な詩人を冒瀆することになるのではないかということであった。

そうだ。私はドイツにおいてゲーテの時代が相当に「保守的」であったことを知っている。ゲーテがたとえ数多の女性の友人を得ていても、親密な関係にまで発展したのはおそらく極めて少なかったであろう。この二百余年、ゲーテを研究してきた学者もその著作も数知れないが、ほぼ例外なく、実際にゲーテと肉体関係にあった女性はおそらく何人もいないとしている。

もちろん、それ自体は大したことではない。大切なのは彼のあれほどたくさんの、そしてあれほど美しい愛情が、ゲーテの人生に積極的で前向きな姿勢をもたらし、彼の精神は純化と浄化がなされ、同時に更にそれによってあれほど多くの美しく感動的な詩篇が生み出されたということである。

以下にゲーテが世に残した稀代の名作『ファウスト』第二部の最後の言葉を引用して、拙文の結びとしよう。

「永遠に女性的なるものが、
我らを引きて高きに昇らしむ」

二〇〇三年三月三十一日

鍾肇政

訳者あとがき

本書の作者鍾肇政氏は一九二五年に日本統治下の台湾新竹州大渓群龍潭庄（現在の桃園市龍潭區）に生まれた。現在九十三歳の客家人作家で、戦後の台湾において数多くの小説、随筆を発表している大作家であり、台湾では「台湾文学の母」と称されている。（「台湾文学の父」と称されているのは戦前の台湾文学界を代表する民族詩人であり作家である頼和）。また、鍾肇政氏は台湾文学、客家文化の育成や振興のため、社会的な活動にも尽力しており、今日では客家文学のシンボル的存在となっている。

また台湾文学史における鍾肇政氏は、戦後の台湾で使用言語の切り替えを余儀なくされた最初の世代の作家でもある。日本統治下の台湾で教育を受け（淡江中学、彰化青年師範学校卒業）、その時点で獲得し、自らの考えを表すために使用していた言語は日本語であったにも拘らず、戦後の国民党政府のもと、北京官話（Mandarin）を基にする「國語」へと使用言語を切り替えることになった。けれども「國語」での創作を諦めた者も多い上の世代の作家と比べて、二十歳で歴史の転換を迎えた鍾肇政氏は苦心の末「國語」への転換に成功し、戦後も長きにわたって精力的に創作活動を続けており、「二つの時代、二つの言語」に翻弄されながらも自らの創作の道を歩んだ作家として特筆されよう。

実は今回「客家文学の翻訳プロジェクトがあるのだが、参加しないか」という誘いを先輩からいただいた時、恥ずかしながら自分がどんな作品を担当するのか見当もつかなかった。「客家文学？……ということは客家語の語彙が含まれているのかしら？

だいじょうぶかな?」と心配していたところ、この『ゲーテ激情の書』を担当することとなり、少しばかり驚いた。というのも、この作品の初出は二〇〇三年一月の新聞紙上で、私はたまたま当時、新聞に掲載されたものを読んでいたからである。

「客家語の語彙がたくさんあったら……」との私の心配はまったくの杞憂で、それどころか作者のあとがきにあるように、これは「いつもの習慣通り日本語であれこれ考え、私の頭の中にまざまざと浮かんだその情景を当たり前のように日本語で記録した」物語だったのである。ゆえに本文中には、現代中国語の範疇には収まりきらない、一見して日本語由来とわかる語彙(「紙屑籠」、「亜流」、「疾風怒濤運動」など)もあり、ふだんの翻訳作業と比べて、日本語に訳し上げた時に「パチン!」という音さえ聞こえてきそうなほど、はまりのよい日本語になりやすく、筆者の意図を想像しながら進める楽しいゲームのような翻訳作業となった。

けれどもこの作品は客家人作家鍾肇政氏が書いたものでありながら、ドイツを代表する文豪ゲーテの物語なのである。訳者としては「客家文学」であることは一旦忘れ、十八、十九世紀というゲーテが生きた時代を念頭に、時代背景にそぐわない語彙や今風の表現を避け、ゲーテの物語として破綻しないよう細部を整えることに注力した。たとえば、原文では「領年俸一千二百元」と書かれた部分も、当時のヴァイマルの通貨単位を調べ出し、さらに金額が本文で書かれている貨幣価値と合っているか確認して「一二〇〇ターラーの年俸」と訳出したり、原文でははっきりしない(さりとて日本語でははっきり書かないわけにいかない)人物の肩書きや職位などを調べ上げたりするのにも時間をかけた。とはいえ、そうした「未知との遭遇」がまた翻訳のおもしろさであり、そういう意味でゲーテの愛の遍歴を描いたこの作品は、中心となる物語にも、物語にリアリティーをもたらす歴史的背景にも翻訳者としての知識や技術が試される楽しいチャレンジであった。

なお、本文中に引用される詩は、現在台湾で入手できるゲーテ詩集にはない中国語訳となっており、おそらくは作者がドイツ語から翻訳したか、日本で出版されたゲーテ詩集からの再翻訳ではないかと考えられる。そこで、ドイツ語の原文がわからない訳者がそれを再再翻訳するのは、適切ではないと判断し、一九三六〜一九六〇年に日本で出版されたゲーテ詩集から当該の詩を引用した。そのため中国語の原文に引用された詩の直訳にはなっていないがご理解いただきたい。ただし本文中にゲーテによる引用の形で書かれているが、元の作品が判明しない、本当に存在しているか不明のものは訳者が翻訳した。

十八歳で中国語を学びはじめ、すでに三十余年が過ぎた。日本語教師となって渡台し、輔仁大学翻訳学研究所（当時）で日中翻訳のイロハを学び、本業である日本語教師を続けながら論文翻訳や法律翻訳、台湾史関係資料やビジネス文書の翻訳、伝統演劇の字幕翻訳など、多岐に渡って翻訳の仕事を続けてきたが、文学翻訳に携わる機会はそうそうなく、「中国語も好きで日本語も好き」だからこそ二足のわらじを履き続けてきた私にとって、今回の翻訳はまさに「更に上る一層の楼」となった。このような機会に恵まれた巡り合わせに感謝の念でいっぱいである。

もう一つ加えると、本書の作者鍾肇政氏が卒業した、中高一貫の名門校淡江中学は、実は私が勤務する真理大学に隣接しており、両校の創立は歴史的背景を一にしている（両キャンパスに点在する十九世紀〜二〇世紀初頭の建築群も有名）。今回の翻訳作業期間中、淡江中学のキャンパスを通るたびに「少年時代の鍾老師もここらへんを歩いていたのかもしれないなぁ」とあらためて親しみを覚えたが、これもまた楽しい巡り合わせであった。

最後に、ゲーテ詩集を調べるにあたり助力くださった安藤恵子さん、翻訳にあたって不肖の後輩に声をかけてくださった輔仁大学日本語文学科の横路啓子主任、細やかな連絡と励ましをくださったコーディネーター役の廖詩文教授、そして何よりも翻訳学研究所時代よりご指導くださった恩師林水福教授に心よりお礼申し上げます。

永井江理子

鍾肇政の年譜

鍾肇政は戦後台湾を代表する作家である。現時点で発表されている長篇小説は二十三作品で、短篇小説集は九冊出版されており、現代台湾文学においても作品数が最も多い作家としても有名で、その代表作「永遠のルピナス（魯冰花）」は小学校の国語教材にもなっている。

また文学者として活躍するのと同時に、長年にわたって客家文化の振興に大きな貢献をした。台湾客家公共事務協会理事長、台湾ペンクラブ会長などの要職を歴任し、二〇〇〇年には総統府資政（上級顧問に相当）に任ぜられ、李登輝総統より二等景星勲章が授与された。また二〇〇三年には第二回総統文化賞百合賞が、二〇〇四年には二等卿雲勲章が、それぞれ陳水扁総統より授与されている。

以下は鍾肇政の年表である。作品名については、当該作品がすでに日本で出版されている場合、その日本語タイトルを記したが、未発表作品は訳者が翻訳したものを記し、ともに（　）で原文を附した。なお、（　）がないものは、原文タイトルをそのまま日本語タイトルに採用したものである。

なお鍾肇政の作品は小説、散文、論説、書簡集、伝記、翻訳など、多岐にわたって多数あり、以下の年表ではそのうちの代表的な作品を挙げただけとなっているが、ご諒恕賜りたい。

一九二五年　日本統治下の台湾新竹州大渓群龍潭庄（現在の桃園市龍潭區）で生まれる。姉五人、妹四人に挟まれた唯一の男子であったことから、家族の寵愛を一身に受けて育った。

一九四三年　私立淡江中学を卒業。大渓の宮前国民学校で代用教員となる。

一九四四年　彰化青年師範学校に入学。

一九四五年　彰化青年師範学校を卒業後、すぐに学徒兵として召集され、台中の大甲の海辺で約半年要塞建設作業に就くも、終戦で九月に復員。

一九四六年　龍潭国民小学校の教師となる。

一九五〇年　張九妹と結婚。この頃より作品の投稿を始める。作品は主に小説で、そのほか翻訳作品もあった。

一九五一年　最初の作品「結婚後（婚後）」を雑誌『自由談』に発表。

一九五六年　最初の本である翻訳理論集『ライティングと観賞（寫作與觀賞）』出版。

一九五七年　言語の転換に苦しむ台湾人作家のために、小型の文芸雑誌『文友通訊』発刊。

一九六〇年　長篇小説「永遠のルピナス（魯冰花）」を新聞『聯合報』に連載開始。これが最初の長篇小説となる。出版は一九六二年。

一九五六～六四年　「濁流」、「江山萬里」、「流雲」の三作からなる「濁流三部作（濁流三部曲）」を完成させ、台湾の叙事詩ともいえる「大河小説」のさきがけとなる。

一九六六年　第一回「台湾文学賞（台灣文學獎）」受賞。翌年も連続受賞となる。

一九六七～七七年　日本による植民統治五〇年の歴史を背景とした、抵抗の物語「沉淪」、「滄溟行」、「插天山の歌（插天山之歌）」からなる「台湾人三部作（台湾人三部曲）」を完成させる。出版は一九八〇年。

一九七〇年　『台湾文藝』、『民衆日報』の文芸欄の主席編集員となり、戦後第二世代、第三世代の作家に活躍の場を与える。
一九七五年　『八角塔の下（八角塔下）』出版。
一九七九年　第二回「呉三連文芸賞(呉三連文藝奬)」受賞。
一九八〇年　伝記『原郷人―作家鍾理和の物語（原郷人―作家鍾理和的故事）』発表。
一九八六年　台米基金会（台美基金會：Taiwanese-American Foundation）文芸功労賞（文藝類成就奬）受賞。
一九八七年　『卑南平原』出版。
一九九二年　第五回客家台湾文化賞受賞。
一九九三年　『怒涛（怒濤）』出版。国家文芸賞特別貢献賞受賞。
二〇〇一年　中国文芸協会栄誉文藝賞受賞。
二〇〇三年　『ゲーテ激情の書（歌徳激情書）』出版。
二〇〇五年　『アマサギの歌（白翎鷥之歌）』出版。一九九九年より刊行開始した『鍾肇政全集』完成。
二〇〇七年　客家貢献終身功労賞（客家貢献終身成就奨）受賞。
二〇一六年　第三十五回行政院文化賞受賞（行政院は内閣に相当）。

参考：客家雲　Hakka cloud「鍾肇政　作家介紹」彭瑞金
桃園市政府客家事務局　鍾肇政文学館
国立台湾文学館

鍾肇政（ちょう・しょうせい）

1925年、台湾桃園龍潭生まれ。台湾の客家系小説家として高い評価を得ており「台湾文学の母」と称されている。ちなみに「台湾文学の父」と称されるのは戦前の台湾文学界を代表する詩人で作家の頼和。また「北鍾南葉（北に鍾肇政あり、南に葉石涛あり）」という言葉もある。中国文芸賞章小説創作賞、呉三連文芸賞、台美基金会成就賞、国家文芸特別貢献賞、台湾文学家牛津賞、国家芸術基金会文芸賞、中国文芸協会栄誉文芸賞章、第二回総統文化賞百合賞、二等景星勲章、二等卿雲勲章、第35回行政院文化賞など台湾作家の中でも最も多い受賞歴を誇る。1951年、雑誌『自由談』にデビュー作『婚後』を発表、1961年に初の長編小説『魯氷花』を出版、同年大河小説『濁流三部曲』を発表し、台湾大河小説の先鞭をつける。その後『台湾人三部曲』、『高山三部曲』、『怒涛』など大河小説を発表、台湾で初めて大河小説を書き上げた。また、今のところ四部作を完成させた唯一の客家人作家である。長編小説には『魯氷花』、『八角塔下』、『濁流三部曲』、『大壩』、『大圳』、『台湾人三部曲』、『高山三部曲』など計23の作品がある。中編小説には『初恋』、『摘茶時節』など、短篇小説集は『残照』、『輪迴』、『大肚山風雲』、『中原的構図』、『鍾肇政自選集』など、文芸理論には『移作與鑑賞』、『西洋文学欣賞』がある。翻訳も行っており『戦後日本短編小説選』、『金閣寺』、『阿信（おしん）』などの訳本がある。

永井江理子（ながい・えりこ）

1966年生まれ。真理大学応用日本語学科（台湾）で日本語教師を務める傍、論文翻訳や伝統演劇の字幕翻訳など多岐にわたる翻訳で活躍中。台湾翻訳学学会会員。居留問題を考える会会員。主な著書・翻訳書は陳水扁『台湾之子』（毎日新聞社）、戴國煇・王作榮『李登輝・その虚像と実像』（草風館）、経済部投資業務処『台湾 卓越の投資先』商業發展研究所（台湾）。

ゲーテ激情《げきじょう》の書《しょ》

客家文学的珠玉 1

2018年6月20日 初版印刷
2018年6月30日 初版発行

著者　鍾肇政
訳者　永井 江理子
発行者　飯島徹
発行所　未知谷
東京都千代田区神田猿楽町2丁目5-9　〒101-0064
Tel. 03-5281-3751 / Fax. 03-5281-3752
［振替］ 00130-4-653627
組版　柏木薫
印刷所　ディグ
製本所　難波製本

Publisher Michitani Co. Ltd., Tokyo
Printed in Japan
ISBN978-4-89642-561-1　C0397